筑摩選書

長谷川 櫂
Hasegawa Kai

# 芭蕉の風雅

あるいは虚と実について

芭蕉の風雅　目次

# 芭蕉の風雅

## あるいは虚と実について

## はじめに　老翁が骨髄

詩人安東次男《つぐお》は加藤楸邨《しゅうそん》門下の俳人でもあった。とくに晩年は自分を俳人と思っていたところがあって、それに即していうなら安東次男はほんとうは俳人だったが、世間では詩人として通っていたというほうが実像に近い。通称アンツグ。第一次世界大戦終結の翌年一九一九年（大正八）七夕の日に生まれ、二〇〇二年（平成十四）の桜のころに八十二歳で亡くなった。

私の俳句の先生である飴山實《あめやまみのる》はアンツグさんに兄事していたので、私にとっては祖師にあたるが、じつは私が飴山の門を叩く前、二十代のころからときおりお会いする機会があった。最後に会ったのは亡くなる年の春浅いころ、飴山實の遺句集の件で世田谷区桜の自宅を訪ねたときである。夜になって雨が上がり、門を入ると病室になっている座敷までの庭石が濡れていた。

アンツグさんの仕事としてはまず『芭蕉七部集評釈』を挙げねばならない。芭蕉一派、いわゆる蕉門《しょうもん》には七つの俳諧選集がある。年代順に並べると、『冬の日』『春の日』『あら野』『ひさご』『猿蓑《さるみの》』『炭俵《すみだわら》』『続猿蓑』の七つ。芭蕉が一六八〇年（延宝八）に深川に隠棲してから一六九四年（元禄七）に大坂で客死するまでの十四年間、それぞれの時期に芭蕉や門人たちが詠んだ俳句や歌仙を収録したアンソロジー（選集）である。アンツグさんはこの七部集に収録されている主な歌仙についての膨大かつ詳細な評釈を遺した。何といってもこれが第一の功績といわねばなるまい。

アンツグさんは芭蕉の歌仙を評釈するだけでは飽き足らず、自分でも歌仙を巻いた。俳号は流火。ちょっと気取った号である。雑誌「すばる」に「芭蕉七部集評釈」の連載をはじめたのが一九七〇年（昭和四十五）、五十一歳のとき。大岡信《まこと》、丸谷才一という若い詩人と小説家を連衆にして最初の歌仙「鳥の道の巻」を巻いたのが四年後の五十五歳のときだからミイラ捕りがミイラになってしまったわけだ。

このときアンツグさんが大岡、丸谷と三人ではじめた「歌仙の会」は半世紀近くの間に、連衆の顔ぶれを変えながら今もつづいている。今世紀になってアンツグさんが亡くなると、歌人の岡野弘彦さんが加わった。その後、病気療養の大岡さんに代わって私が入った。二〇一二年（平成二十四）、丸谷さんが亡くなったあとは評論家の三浦雅士さんを迎えた。現在は岡野、三浦そして私の三人で毎月、東京赤坂の三平という蕎麦屋で「歌仙の会」を開いている。毎回、昼過ぎに集合して半歌仙を巻き、夕食後に解散という流れである。

私が「歌仙の会」に加わったのは二〇一一年（平成二十三）一月だった。前の年の暮だったか、丸谷さんから誘いの電話をもらったのだが、そのとき「歌仙の捌《さば》き手として」という話だったので「大先輩を前にして、そんなのは無理です」と尻ごみすると、丸谷さんはいつもの口調で「いやあ、捌き手といっても整理係のようなものです」と笑っているので狐につままれたような気がしたものの「整理係ならば」と引き受けた。

丸谷さんのいう「歌仙の捌き手」とは歌仙一巻を采配する人のことである。舟でいえば舵取りか船長にあたる。芭蕉の歌仙では芭蕉が務め、「歌仙の会」ではまずアンツグさん。アンツグ亡きあとは大岡さんが務めてきた。そんな重大な役を歌仙などろくに巻いたこともない私にできるはずがない。整理係といいかえられれば、少しは気が休まるものの、名のみとはいえ捌きは捌きである。安穏としていられるわけはない。

初回のとき、私の癖で時間ぴったりに三平の二階の四畳半の襖を開くと、岡野さんと丸谷さんが書道の時間の小学生よろしく掘り炬燵式の座卓の下座に並んで墨を磨っておられたのには冷や汗をかいてしまった。

あれから三年が過ぎて丸谷さんも、もはやこの世の人ではないが、毎月のように歌仙を巻いているうち、歌仙について語った芭蕉の言葉のいくつかに「ああ、こういうことか」と合点することがあった。

芭蕉はあるとき、こう語ったという。

他門の説云《せつにいはく》、「芭蕉翁は発句《ほつく》上手、俳諧はふるし」と云《いふ》人有《あり》。先師常に語《かたり》て云、「発句は門人の中、予におとらぬ句する人多し。俳諧においては老翁が骨髄《こつずゐ》」と申されける事毎度也。此《この》かはりめ、同門すら知《しる》人稀《まれ》也。他門いかで知べき。先師一生の骨折《ほねをり》は只俳諧の上に極《きはま》れり。
（『宇陀法師《うだのほうし》』）

現代語にすると、こういう話である。

他門の中には「芭蕉翁は発句はうまいが俳諧は古い」という人がいる。先生（芭蕉）は生前いつもこう話していた。「発句は門人の中にも私に劣らぬ句を詠む人がたくさんいる。しかし俳諧こそは老翁が骨髄、この年寄りが全霊を打ちこんで取り組んできたものである」といわれるのがいつものことだった。この先生の気持ちは門人ですら知っている人はあまりいない。まして他門の人がどうして知っていようか。この言葉のとおり、先生が生涯にわたって全精力を注いできたのは（発句ではなく）俳諧だったのだ。

ここで「俳諧」と「発句」という二つの言葉が使い分けられているが、「俳諧」とは「俳諧の連歌」つまり連句、端的にいえば歌仙のことであり、「発句」とは「俳諧の発句」、歌仙の最初の句、今でいう俳句のことである。このことを踏まえて最後の文章「先師一生の骨折は只俳諧の上に極れり」をもう一度、訳してみると、こうなる。芭蕉が生涯、精根を傾けてきたのは俳句ではなく歌仙だった。

これはどういうことか。現代人からみると芭蕉はまぎれもなく俳人、つまり俳句を詠む人である。しかし芭蕉自身はそう考えていなかった。芭蕉は自分を「俳句を詠む人」である前に「歌仙の捌き手」と考えていたということになるだろう。芭蕉にとって俳句はむしろ歌仙の副産物として生まれるものだった。

古池や蛙《かはづ》飛《とび》こむ水のおと
さまぐ〵の事おもひ出す桜かな
閑《しづか》さや岩にしみ入る蟬の声
秋深き隣は何をする人ぞ

現代人はこのような芭蕉の名句を一句独立した俳句として理解している。しかし、実際はみな一句独立の俳句ではなく、歌仙の最初の句つまり発句として詠まれた。少なくとも芭蕉の意識としてはそうだった。このことは芭蕉について、さらに俳句という文学について考える上で重要なことではあるまいか。

# 第一章

# 風雅の世界へ

1

芭蕉が「老翁が骨髄」と自負した歌仙とは芭蕉にとって何だったのか。この問題を探るにはまず歌仙がどういうものか、知っておかなければならない。

「七部集」といえば蕉門俳諧七部集（芭蕉七部集）のことである。制作順に『冬の日』『はるの日（春の日）』『あら野（曠野）』『ひさご』『猿蓑』『すみだはら（炭俵）』『続猿蓑』の七集をさす。みな芭蕉の深川隠棲（一六八〇、延宝八）から大坂での死（一六九四、元禄七）までの十四年間に、編集された。それは芭蕉が風雅の精神に目覚めて以降、死にいたるまでの時期にあたる。ただ最後の『続猿蓑』の刊行は芭蕉の死後である。

どの集も実際の編集にあたったのは各時期の有力な弟子たちだが、背後ですべてを統括していたのは芭蕉その人である。別の見方をすれば芭蕉はそのときどきの花ある弟子たちをして俳諧選集の編集にあたらせたということになる。

このことは歌仙を巻くときの捌き手と連衆の関係そのままである。そして歌仙の一句一句を詠むのは連衆であるが、その水の流れのような言葉の川に浮びあがるのは捌き手である芭蕉自身の世界であるように、七部集という大河の流れに写しだされるのも芭蕉の風雅の変遷にほかならない。だからこそ七部集は芭蕉の風雅とは何であったかを知る最重要の手掛かりなのである。

七部集は芭蕉の風雅の変化にしたがって次の三つにわけることができるだろう。

| | | | |
|---|---|---|---|
| 前期 | 『冬の日』 | 一六八四年 | 荷兮《かけい》 |
| | 『春の日』 | 八六年 | 荷兮 |
| | 『あら野』 | 八九年 | 荷兮 |
| 中期 | 『ひさご』 | 九〇年 | 珍碩《ちんせき》 |
| | 『猿蓑』 | 九一年 | 去来《きょらい》、凡兆《ぼんちょう》 |
| 後期 | 『炭俵』 | 九四年 | 野坡《やば》、孤屋《こおく》、利牛《りぎゅう》 |
| | 『続猿蓑』 | 九八年 | 沾圃《せんぽ》、芭蕉、支考《しこう》 |

前期の三集が世に出たのは一六八四年（貞享一）から一六八九年（元禄二）まで。編集を担ったのは名古屋の荷兮とみられる。五年前の一六八〇年（延宝八）、芭蕉は日本橋から深川の芭蕉庵へ転居。一六八六年（貞享三）には古池の句を詠んで蕉風（芭蕉自身の句風）に目覚めた。三集のうち『冬の日』だけは古池以前、『春の日』『あら野』は古池以後の選集である。『冬の日』が談林派の影響下にあるのはいうまでもないが、『春の日』『あら野』にもその影響はまだ色濃く残っている。三集に通じる最大の特色はあからさまな古典の引用である（第六章）。

中期の『ひさご』『猿蓑』が出版されたのは一六九〇、九一年（元禄三、四）のことである。一六八九年（元禄二）の『おくのほそ道』の旅で古池の句の世界を宇宙的に発展させたことによって、芭蕉は「かるみ」の境地へたどりついた。旅を終えてから京の去来、凡兆と編んだのがこの二集である。ここで芭蕉は談林派の影響をようやく脱して蕉風の世界を全面的に展開させている。これを当時の人々は「新風」と呼んだ。この時期の特長は前期のような露骨な古典の引用が終息して「面影」という手法がとられていることである。芭蕉は古典との間に距離をとりはじめたということになる（第三章）。

後期の『炭俵』は一六九四年（元禄七）の芭蕉の死の直前、『続猿蓑』は死後の一六九八年（元禄十一）に完成した。芭蕉は一六九一年（元禄四）、二年ぶりに江戸に帰った。そこで江戸の野坡たちと編んだのが『炭俵』である。ここで芭蕉は古典からどう脱するかを再三試みている。歌仙の連衆に選んだのも古典に精通していない、その代わり生活感覚にあふれる人々だった。ただ若いころから骨の髄まで古典に染まっていた芭蕉にとって、それは苦痛を伴う実験でもあった。『続猿蓑』は芭蕉の死から四年たって弟子の支考によって刊行された七部集最後の選集である。古典からの脱却という『炭俵』でみせた芭蕉の方針は依然継承されている（第六章）。

このように七部集は三期に分けることができるが、それぞれの時期を色分けしているのは古典との距離をどうとっているかである。前期のあからさまな引用から中期の面影へ。そして後期の脱却の試みへ。このように芭蕉を育み、助け、さらに苦しめたのは古典だった。古典をどう使うかが芭蕉生涯の課題だったのである。

## 2

歌仙「鳶《とび》の羽《は》の巻」は中期の俳諧選集『猿蓑』に収める歌仙四巻のうち最初の一巻である。巻かれたのは一六九〇年（元禄三）初冬の京。連衆は捌き手の芭蕉のほか去来、凡兆、史邦《ふみくに》の三人の門弟である。

『猿蓑』は『おくのほそ道』の旅を経て芭蕉がたどりついた、いわゆる新風を世に問うために編まれた重要な選集である。「鳶の羽の巻」は『猿蓑』四歌仙のなかでは最後に巻かれたが、歌仙の部の巻頭に置かれた。つまり『猿蓑』の総仕上げの歌仙であり、だからこそ巻頭に置かれたことになる。

「鳶の羽の巻」では新風を世に問うという主題が去来の発句でまず打ちだされ、途中その主題が変奏されながら繰り返される。歌仙において主題は成り立つか。これは大きな問題だが、「鳶の羽の巻」は主題性を色濃く出した歌仙ということができるだろう。

この巻を例に歌仙の構造、句の読み方を眺めてゆきたい。まず全容をみていただきたい。

【初折の表】

発句　鳶の羽も刷《かいつくろひ》ぬはつしぐれ　去来（冬）
脇　一ふき風の木の葉しづまる　芭蕉（冬）
第三　股《もも》引《ひき》の朝からぬるゝ川こえて　凡兆（雑）
四　たぬきをゝどす篠《しの》張《はり》の弓　史邦（雑）
五　まいら戸に蔦《つた》這《はひ》かゝる宵の月　蕉（秋・月）
六　人にもくれず名物の梨　来（秋）

【初折の裏】

初句　かきなぐる墨絵おかしく秋暮て　邦（秋）
二　はきごゝろよきめりやすの足袋　兆（雑）
三　何事も無言の内はしづかなり　来（雑）
四　里見え初《そめ》て午《うま》の貝ふく　蕉（雑）
五　ほつれたる去年《こぞ》のねござのしたゝるく　兆（雑）
六　芙《ふ》蓉《よう》のはなのはら〱とちる　邦（夏）
七　吸物は先《まづ》出《で》来《か》されしすいぜんじ　蕉（雑）
八　三里あまりの道かゝえける　来（雑）
九　この春も盧《ろ》同《どう》が男居《をとこゐ》なりにて　邦（春）
十　さし木つきたる月の朧夜《おぼろよ》　兆（春・月）
十一　苔ながら花に並ぶる手水鉢　蕉（春・花）
折端　ひとり直《なほり》し今朝の腹だち　来（雑）

【名残の表】

初句　いちどきに二日の物も喰《くう》て置《おき》　兆（雑）
二　雪げにさむき島の北風　邦（冬）
三　火ともしに暮《くる》れば登る峯の寺　来（雑）
四　ほとゝぎす皆鳴《なき》仕《し》舞《まひ》たり　蕉（夏）
五　痩《やせ》骨《ぼね》のまだ起《おき》直る力なき　邦（雑）
六　隣をかりて車引きこむ　兆（雑）
七　うき人を枳《き》殻《こく》垣《がき》よりくゞらせん　蕉（雑・恋）
八　いまや別《わかれ》の刀さし出す　来（雑・恋）
九　せはしげに櫛でかしらをかきちらし　兆（雑）
十　おもひ切《きつ》たる死《しに》ぐるひ見よ　邦（雑）
十一　青天に有明月の朝ぼらけ　来（秋・月）
十二　湖水の秋の比《ひ》良《ら》のはつ霜　蕉（秋）

【名残の裏】

初句　柴の戸や蕎麦ぬすまれて歌をよむ　邦（秋）
二　ぬのこ着習ふ風の夕ぐれ　兆（冬）
三　押合て寝ては又立つかりまくら　蕉（雑）
四　たゝらの雲のまだ赤き空　来（雑）
五　一《ひと》構《かまへ》鞦《しりがい》つくる窓のはな　兆（春・花）
挙句　枇《び》杷《は》の古葉に木《こ》の芽もえたつ　邦（春）

まず歌仙の形式について説明しておきたい。歌仙は連衆（ここでは芭蕉、去来、凡兆、史邦の四人）が長句（五七五）と短句（七七）を交互に三十六句付けあって一巻とする。

平安時代中期の藤原公任《きんとう》（九六六—一〇四一）は柿本人麻呂をはじめ三十六人のすぐれた歌人を選んで「三十六歌仙」とした。一巻三十六句の連句を「歌仙」とよぶのはこの「三十六歌仙」にあやかっている。

歌仙の内部は四つの部分に分かれている。初折の表と裏、名残の折の表と裏。この四部である。これは二枚の懐紙を二つに折って一枚目を初折、二枚目を名残の折といい、それぞれの表と裏、合計四面に歌仙を記録したので、こう呼ぶ。連衆たちはこの大きな枠組みに沿って四季の風物や恋の情景を織りこみながら長句と短句を交互に付けてゆく。

三十六句のなかには春（新年を含む）、夏、秋、冬という四季の句と季節のない無季（雑）の句がある。さらに花の句を二か所に、月の句を三か所に入れる（二花三月）。恋の句も二か所に入れる。

まとめて表にすると次のようになる。

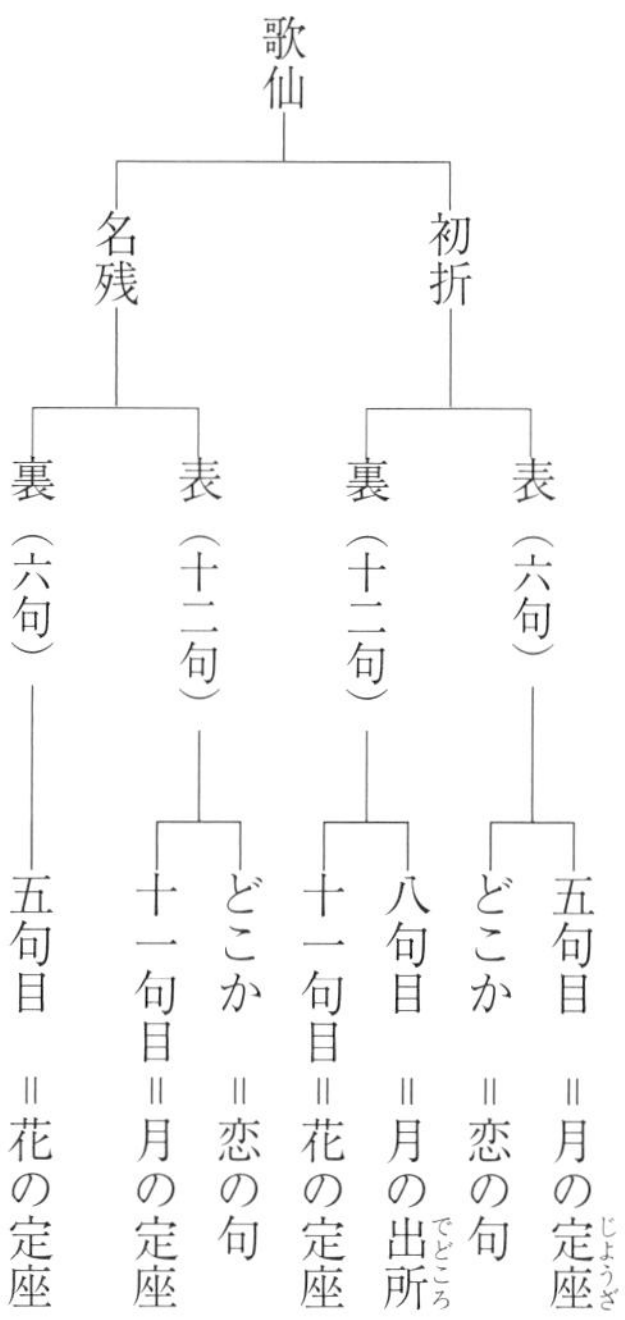


「花の定座《じょうざ》」「月の定座」といえば花や月の指定席でそこと決まっているのに対して、「月の出《で》所《どころ》」といえば、その辺で出せばいい。とはいうものの「花の定座」も「月の定座」も不動ではなく、理由があれば動かしてもいい。恋の句は初折の裏と名残の裏のどこかで出せばいい。定座、出所といっても、すべては動く。ただ「どこかで出せばいい」というのは、どこでも構わないのではなく、花も月も恋も出すのに絶好の場所はおのずからあるものだ。それがどこかは場面ごとに見極めなくてはならない。

歌仙のような付けあいの文学を当時は「俳諧の連歌」あるいは単に「俳諧」と呼んだ。近代以降はもっぱら「連句」とよぶ。今では連句といえば歌仙をさすが、連句は歌仙ばかりではない。

俳諧以前、いわゆる連歌の時代から正式な形式は「百韻」とされてきた。

百韻はその名のとおり長句と短句を百句つらねて一巻とする長大な形式である。百句もあるから一巻を巻きあげるのにどう急いでも二、三日はかかる。暇をもてあます中世の貴族や僧侶が連歌を巻いている分には可能だが、近世に入って職業をもった市民が連衆である俳諧（俳諧の連歌）の時代になると、二日も三日も百韻に費やすわけにはゆかなくなる。一日で巻ける、もっと短い俳諧の形式が求められたのは当然だろう。こうしてしだいに脚光を浴びはじめたのが百韻の三分の一、三十六句で一巻となる歌仙だった。

新しい時代の新しい連句の形式である歌仙を愛し、俳諧といえば歌仙といわれるまでに文学に高め、世に広めたのが、ほかならぬ芭蕉その人だった。

では歌仙はどのように巻くのか。付け句は前句にどのように付ければいいのかをみておきたい。

歌仙の付け句は前句との間に大小（長短）の「間《ま》」をとる。「間」をとって次の句を詠むことを「付ける」というのである。「付ける」というと前句に「つづける」ことだと勘違いしそうになるが、「付ける」とは前句との間に「間」をおいて、むしろ離すことなのだ。そのとき大きく離せば「間」は大きく、小さく離せば「間」は小さくなる。

「鳶の羽の巻」の発句、脇、第三をみていただきたい。

鳶の羽も刷ぬはつしぐれ　　去来

一ふき風の木の葉しづまる　芭蕉
股引の朝からぬる、川こえて　凡兆

発句は歌仙一巻の「言い起こし」である。天地が誕生してはじめて吹く爽やかな風のように言葉を発する。去来の発句は初時雨《はつしぐれ》が鳶の羽までも整えて行ったといっている。「かいつくろふ（刷ふ）」とは身だしなみを整えることである。ここでは時雨の通りすぎてゆく広大な天地の間が描かれ、高い木の枝に止まっている一羽の鳶が描きだされる。

発句に対して脇は寄り添うように付ける。芭蕉の脇は広大な天地の間の地上の景である。先ほどまで風に舞っていた木の葉がやっと静まったというのだ。発句の木の枝の鳶という上空の景に対して木の葉の静まった地上の景を添えている。この発句と脇の「間」は比較的小さい「間」である。

第三は客と主、発句と脇の相伴《しょうばん》の句である。発句と脇の醸しだす世界から大きく一歩踏み出さなくてはならない。凡兆の第三は、発句も脇も自然の景色を詠んでいるのに対して人間の姿を描きだす。朝早く股引が濡れるのも構わず、川を渡る男の姿である。脇と第三の「間」は発句と脇の「間」に比べると、大きな「間」ということになるだろう。

次に初折の表の二―四句目をみてみよう。

はきごゝろよきめりやすの足袋　凡兆
何事も無言の内はしづかなり　去来
里見え初て午の貝ふく　芭蕉

去来の句を境にして場面が大胆に入れ替わる局面である。凡兆の句はメリヤスの足袋の履き心地を一人楽しむ人物を描く。去来の句は前句の人物の心中に分け入って「何事も無言の内はしづかなり」という箴言風の文句を引きだす。それを芭蕉の句は朝から黙々と歩きつづけてきた山伏に転換している。

去来の句の前後には大きな「間」がある。というか、この去来の句自体が巨大な「間」の働きをしているのがわかるだろう。

歌仙の「間」とは句と句の間に横たわる言葉の空白であり沈黙である。この言葉の空白が言葉以上に雄弁に働くのが歌仙である。このほんの一瞬の「間」のうちに主体や場面の転換が行われることもあれば、深淵がのぞくことも永遠が宿ることもある。そこに詩情（ポエジー）を見出すのが歌仙という文学なのだ。

## 3

ここからは歌仙「鳶の羽の巻」の三十六句を一句ずつみてゆくことにしよう。

**【初折の表（表六句）】**

鳶の羽も刷ぬはつしぐれ　去来（冬）

「かいつくろふ」とは衣服の乱れを整えること。ここでは初時雨（冬）がぱらぱらと降って鳶の羽を整えたというのだ。この句を「鳶も羽を刷ぬはつしぐれ」として読んで、初時雨に降られて鳶が羽づくろったとする説もあるがそうではない。この問題はこの歌仙の主題ともかかわって重要である。

芭蕉は一六八六年（貞享三）、四十三歳の春、蕉風開眼《しょうふうかいげん》の一句、古池の句を詠んで自分の句風にめざめた。三年後の一六八九年（元禄二）春、『おくのほそ道』の旅に出、秋、大垣《おおがき》にたどり着いた。この長旅の土産はまず不易流行《ふえきりゅうこう》の論であり、次に「かるみ」だった。不易流行は芭蕉の宇宙観、「かるみ」は不易流行を発展させた人生観だった。

大垣で『おくのほそ道』の旅を終えた芭蕉はすぐには江戸に帰らず、一六九二年（元禄五）夏までの三年近く琵琶湖の南、湖南地方に留まった。この間、京在住の二人の弟子、去来と凡兆を指導して編集したのが俳諧選集『猿蓑』である。『猿蓑』はやがて蕉門の聖典とたたえられることになる。

のちに去来はこう記している。

故翁奥州の行脚《あんぎや》より都へ越えたまひける、当門のはい諧すでに一変す。

（『俳諧問答』）

芭蕉が『おくのほそ道』を終えて京の都へくるやいなや、蕉門の俳諧は一変したというのだ。一変をもたらした原動力は芭蕉が旅から持ち帰った不易流行の論と「かるみ」だったはずである。去来のいう「当門のはい諧すでに一変す」の「一変」とは蕉門のみにとどまらず、やがて他門の俳諧、さらに日本の文化全体に影響を及ぼすものだった。

『猿蓑』はこの一変を象徴する俳諧選集として誕生した。前半は発句集（俳句集）、後半は歌仙集である。発句も歌仙も冬、夏、秋、春の順に並べてある。和歌の聖典とされてきた『古今和歌集』では春、夏、秋、冬の順に歌が並べてあるが、『猿蓑』のこの配列は『古今集』に対する正面切っての批評であり、古典の俳諧化だった。

『古今集』にかぎらず、和歌が文芸の主流だった王朝時代には春または秋がもっともあわれ深い季節とされてきた。一方、何もかも枯れてしまう冬は見どころの少ない季節とみなされてきた。この古典文学の常識に対して芭蕉は『猿蓑』の発句集、歌仙集どちらにおいても冬を巻頭にすえ、冬の美しさを打ち出したのである。

冬の部のはじめにおいたのが時雨だった。発句集では冒頭に、

初しぐれ猿も小蓑《こみの》をほしげ也　　芭蕉

以下、時雨の句十三句が堂々と並ぶ。これに対応するように歌仙集のはじめにおいたのが、去来の発句ではじまる「鳶の羽の巻」だった。

こうみてくると、歌仙「鳶の羽の巻」は発句集の時雨十三句とともに和歌に対する俳諧、さらに他流の俳諧に対する蕉門の新風を鮮やかに宣言する役目を帯びていたことがわかる。

ここで『猿蓑』に収められた四巻の歌仙を制作順に並べると次のとおりである。

第二歌仙　市中《いちなか》の巻　一六九〇年（元禄三）六月　京、凡兆宅
第三歌仙　灰汁桶《あくおけ》の巻　九月　義仲寺？
第一歌仙　鳶の羽の巻　十一月　京
第四歌仙　梅若菜《うめわかな》の巻　一六九一年（元禄四）一月　大津

ここからわかるとおり歌仙がじっさいに巻かれたのは『猿蓑』掲載の順ではなく、「市中」「灰汁桶」「鳶の羽」「梅若菜」の順だった。このうち最後の「梅若菜の巻」が江戸へ下る大津の門弟、

乙州《おとくに》への餞別という特別の意味をもつ歌仙だったことを考えると、蕉門の新風を示す目的で巻かれたのは「市中」「灰汁桶」「鳶の羽」の三巻。このうちいちばん遅く巻かれた「鳶の羽の巻」は新風の仕上げの歌仙であったことがわかる。「梅若菜の巻」は三巻の余勢と考えればいい。

去来の鳶の羽の句はその歌仙の発句である。去来がここで描くのは天地の間を通りすぎてゆく初時雨と枝にとまる一羽の鳶である。しかし、句の含意はそれにとどまらない。初時雨が鳶の羽をかいつくろったといいながら、初時雨つまり芭蕉の新風によって当世の俳諧全体、さらにいえばこの世界が一変したといっているのだ。これに即していえば、「鳶の羽も」の「も」は初時雨つまり芭蕉の新風が鳶の羽までも塗り替えたという意味の「も」である。

この句を「鳶も羽を刷ぬはつしぐれ」の意味であるとして初時雨が通りすぎたあと、鳶がみずから羽をつくろったと解しては単純な景色の描写にとどまってしまい、この句にたくした芭蕉たちの夢は水の泡と消えてしまうだろう。

一ふき風の木の葉しづまる　　芭蕉（冬）

脇は発句に対する唱和である。発句と脇の掛け合いの呼吸は能のワキとシテの最初の問答にも似ている。ここでは当然のことながら、初時雨（芭蕉）によって鳶の羽（俳諧）が一変したと去来にたたえられた芭蕉その人が脇をつとめることになる。

そこで芭蕉は何と答えたか。一陣の風に散り乱れていた木の葉（冬）もどうやら静まった。発句と脇は唱和であるから季節は同季、ここではどちらも冬。表向きは風景の句だが、発句同様に含意がある。私が起こした俳諧の新風で世間を驚かせたが、その嵐もどうやら落ちついた。「しづまる」という言葉は君たちはよく新風を理解し、ついてきてくれたという芭蕉から去来たちへの労《ねぎら》いの意味をもつだろう。

股引の朝からぬるゝ川こえて　　凡兆（雑）

第三は主と客がつとめる発句と脇に対して相伴の役目である。二点を結ぶのは線であるように発句と脇のやりとりは一本の線上にある。これに相伴の第三が加わることによって三角形ができあがる。歌仙一巻の土台となる三角形であるから、揺るぎない構造であるためには第三は脇から大きく踏み出さなくてはいけない。

去来の発句、芭蕉の脇がどちらも風景であるのに対して凡兆の第三は股引の濡れるのもかまわず、朝から川を渡ってどこかへゆく男を描きだす。当然、ここにも含意はあって、芭蕉の新風のためなら朝早くから股引を濡らしても川を渡って馳せ参じたいと凡兆はおどけているのだ。

たぬきを、どす篠張の弓　　史邦（雑）

「篠張の弓」とは篠の根もとと穂先を引き寄せて紐で結んで弓にしたもの。畑を荒しにくる狸が知らずに触れると、ぶるぶると鳴るので驚いて逃げる。凡兆の第三に出てくる男は川向こうの畑にこの狸威しを仕掛けにゆくのだ。「篠張の弓」は弓張月を思わせる。次の月の定座への誘いである。

まいら戸に蔦這かゝる宵の月　　芭蕉（秋・月）

初折五句目は月の定座である。「まいら戸」（舞良戸）は板戸の表に狭い間隔で細い横木を入れて補強したもの。書院に使われる建具である。ここは夜になれば狸が出る荒れ書院。舞良戸には蔦が這っている。「宵の月」は宵月。宵（夜の早い時分）の間だけ西の空に見え、夜のうちに沈んでしまう三日月のように月齢の若い月である。

人にもくれず名物の梨　　去来（秋）

春と秋の句は少なくとも三句はつづける。去来の句、芭蕉が五句目で出した荒れ書院にはケチな人物が住んでいるというのだ。庭には評判の梨の木があるが、梨の実（秋）が生っても誰にもやろうとしない。
これで初折の表六句は終わり、初折の裏へ。

**【初折の裏】**

かきなぐる墨絵おかしく秋暮て　史邦（秋）

ケチの偏屈者、じつは墨絵が趣味である。「かきなぐる」とは自由自在な描きぶり。

はきごゝろよきめりやすの足袋　凡兆（雑）

秋も暮れて、そろそろメリヤスの足袋が恋しくなるころ。メリヤスは大航海時代にポルトガルから伝わった。伸び縮みするので「莫大小」の漢字をあてることもある。足袋は近代以降、冬の季語だが、当時は雑。

何事も無言の内はしづかなり　去来（雑）

黙っていれば静かである。当たり前のことを箴言風にいった。メリヤスの足袋の履き心地をしみじみかみしめているのだが、口に出したりはしない。この句、「無言」何もいわぬといいながら、芝居でいえば暗転のように暗黙のうちに場面をがらりと変える働きをする。

里見え初て午の貝ふく　　芭蕉（雑）

山道をたどってきた山伏の一行。やっと人里が見えて昼（正午）を告げる法螺貝を吹いた。それまではずっと無言のまま山道を歩いてきたというのだ。

ほつれたる去年のねござのしたゝるく　　凡兆（雑）

「したたるし」は漢字で書けば「下垂るし」。去年から使い古した寝茣蓙《ねござ》がいまやほつれ、コシも失せてしなしなとしなだれている。山伏の背負う荷物のひとつである。

芙蓉のはなのはら〳〵とちる　　史邦（夏）

ほつれて、しなしなとなった寝茣蓙の感じを、はらはらと花びらを散らす芙蓉（蓮の花、夏）

に移した。芙蓉といえば木に咲く芙蓉だが、蓮の別名でもある。ここでは後者。芙蓉（蓮）は中国の恋の詩にしばしば登場する。唐の玄宗皇帝と楊貴妃の悲恋を詠う白楽天の「長恨歌」にも「芙蓉の帳《とばり》」とある。

芙蓉の帳は暖かくして春宵を渡る

蓮の花を刺繍した寝台のベールは暖かな夜風に揺れ、そのかげで春の宵が過ぎてゆく。これも木の芙蓉ではなく、蓮の花の模様のあるベールである。

かりに木の芙蓉とすれば秋の句となり、ふたたび秋（初折の表の五、六、裏の初句）に戻ることになる。前へ進むのが歌仙、戻ることを嫌う。この点からも「芙蓉のはな」は蓮の花でなければならない。

吸 物 は 先 出 来 さ れ し す い ぜ ん じ　　芭蕉（雑）

芭蕉は史邦の句を蓮見の宴に転換した。「すいぜんじ」は水前寺海苔。九州熊本にある水前寺の湧き水に生える淡水産の海苔である。蓮見の宴でまずふるまわれたのは水前寺海苔の吸物だった。

三里あまりの道か、えける　　去来（雑）

その水前寺海苔は三里（十二キロ）以上の道を抱えてきたものだった。じっさい抱えて運ぶはずはないが、ご馳走であることを強調するために抱えてきたという。

この春も盧同が男居なりにて　　史邦（春）

十一句目の花の定座を控えて、ここから春に入る。

「盧同が男」とは誰か。盧同（盧玉川《ぎょくせん》、？―八三五）は唐の詩人、茶人にして隠者。茶の功徳を説く『茶経』の著者である。その人柄をたたえる同時代の韓愈《かんゆ》（韓退之《たいし》、七六八―八二四）の「盧同ニ寄スル詩」に「長鬚《ちょうしゅ》」すなわち長い顎鬚の召使いがでてくる。

玉川先生、洛城の裏
破屋数間のみ
一奴は長鬚にして裏頭せず
一婢は赤脚にして老いて歯なし

辛勤して奉養す十余人

この「長鬚」の奴（召使い）が「盧同が男」である。ただここは「盧同が男」といいながら、とある中国の隠者の召使いくらいの意味である。つまり盧同の面影、長鬚の奴の面影を漂わせるのみ。

昔は春と秋に奉公人の契約更改（出代り）があった。ひきつづき務めることになるのが「居なり」である。こちらは日本の風習。史邦の句、「盧同が男」はこの春の出代りでも居なりになったという。長年務める質朴な召使いなのだ。

さし木つきたる月の朧夜　凡兆（春・月）

「盧同が男」の仕えるさる屋敷の庭の情景。挿し木（春）もしっかりと根づいた。「月の朧夜」は朧月夜（春）に同じ。前句の「盧同が男」をいよいよ面影にするために朧を出している。居なりになって居ついた奉公人を、挿し木の根がついたと植物に移しかえている。ずっとこのままこの家に仕えるのだろう。

苔ながら花に並ぶる手水鉢　芭蕉（春・花）

苔生した手水鉢が花ざかりの桜の木のもとにすえてある。景色としてはそうだが、見落してならないのは前の「月の朧夜」の句とのかかわりである。歌仙の初折の裏にはふつう八句目あたりに月の出所があるが、「鳶の羽の巻」では十句目で春の月の句を出した。花の定座の直前である。このため月の句と花の句が並ぶことになった。芭蕉はこのことをおどけているのだ。ほら、月と花が並んだ。手水鉢は石であれ焼き物であれ、丸い。つまり満月の暗喩である。

ひとり直し今朝の腹だち　去来（雑）

今朝、何があったか、むかむかとしていたのだが、それもいつの間にか、直ってしまった。手水鉢のどしりと坐った安着感を、ある人物の心理に置きかえている。この句、脇の「木の葉しづまる」の変奏でもある。

「鳶の羽の巻」の前半、初折十八句を振り返れば、歌仙は言葉と「間」でつないでゆくものだから、とくに大きな「間」を駆使したこのような局面は言葉だけを読んでもまったくわからないだろう。歌仙を読んでもチンプンカンプンという人は歌仙の言葉がわからないというよりは歌仙の「間」が読めないのだ。歌仙の読者は言葉だけでなく「間」を読まなくてはならない。

このように歌仙を巻くとは言葉をつなぐようにみえて、じつは「間」をつないで前へ前へと進んでゆくのである。逆に言葉とは広大な「間」の青海原の表に浮びあがった島々のようなものである。まさに歌仙の評釈とはあの島の次になぜこの島があるのか、この句にこの句が付くのかという歌仙の「付けすじ」、いいかえると句と句の「間」を解き明かしてゆく仕事にほかならない。

4

つづけて「鳶の羽の巻」の後半、名残の折の十八句をみよう。

【名残の表】

いちどきに二日の物も喰て置　　凡兆（雑）

名残の折の表の初句。さてさて腹立ちまぎれの大食いである。前句の「腹だち」を受けながら、気合いを入れてその人の短気ぶりを描く。

雪げにさむき島の北風　　史邦（冬）

寒い北風が募り、いまにも雪が降りそうな北海の島。そんな場面なら一度に二日分を食べることがあるだろうかと考えて、北海の島の漁師なら、という句。雪にそなえて食えるときに食っておく。

火ともしに暮れば登る峯の寺　去来（雑）

島の頂の寺が灯台代わりになっている。日暮れ、島人が灯をともしに登る。

ほと丶ぎす皆鳴仕舞たり　芭蕉（夏）

去来の雑一句を挟んで冬の海から夏の山へ鮮やかな転換の一句。初夏に渡ってきてしきりに鳴いていた時鳥《ほととぎす》が恋の季節を過ぎて音を収めた。晩夏の夕暮れの緑の山々が描かれる。

瘦骨のまだ起直る力なき　史邦（雑）

夏に病を得た人の、秋に入ってもまだ床についたまま。無季（雑）の句である。そんな季節が思われるのは「ほと丶ぎす皆鳴仕舞たり」という夏の前句の余韻である。

この史邦の句を踏み石にして「鳶の羽の巻」最大の山場、この巻のもっとも『猿蓑』らしいくだりに入る。

隣をかりて車引きこむ　凡兆（雑）

凡兆の句、前句と合わせて読めば、病後を療養中の人（前句）が、自宅が手狭なので見舞い客の車を隣の庭先に入れさせてもらうと読める。芭蕉の時代、車といえば王朝時代の貴人を乗せた牛車しかない。ここには『源氏物語』の夕顔の巻を面影にした仕掛けが潜んでいる。

話の筋はこうである。まだ若い光源氏（十七歳）が年上の愛人、六条御息所《ろくじょうのみやすどころ》（二十四歳）のもとへ通う途中、乳母の病気見舞いに立ち寄る。牛車に乗ったまま門が開くのを待つ間、若い女（夕顔、十九歳）が住んでいるらしい隣の小家の塀に夕顔の花が咲きかかっている。従者に一輪折らせると、少女が出てきて白い扇を、これに載せて差し上げるよう渡す。やがて乳母の家の門が開いたので門の中へと車を引き入れる。

『源氏物語』では病気療養をしているのは乳母であり、車はその乳母の家に引き入れ、その隣に夕顔の家があるという設定である。ところが歌仙では病気療養中の人の隣の家に車を引き入れる。つまり車を引き入れるのが自宅から隣家へ変えられている。

このように物語どおりではないが、前句に病気療養中の老人がいて、この句には「隣」「車」「引きこむ」という言葉があるので、自然に夕顔の巻を思い浮かべてしまう。ぴたりと同じではないが、どこか似ている。これが面影という手法である。

この面影が成り立つためには二つの要素が必要になる。ひとつは下敷きにしている物語や和歌を思い起こさせる人物や言葉があること。ここでは病気療養中の老人、「隣」「車」「引きこむ」という言葉がそれである。そして、もうひとつの要素は場面が完全には一致しないことである。

面影というと下敷きにした物語をそのまま写せばいいと勘違いしがちだが、そっくりそのままでなく、どこかずれていることこそが面影が生まれるための重要な要件なのだ。かりにそっくりそのままであれば、それは面影ではなく、模写であり真似にすぎない。たしかに似ているけれど、どこかが違う。どこかが違うけれども、やはり似ている。朧夜の人影のような、曖昧さこそが面影なのだ。

曖昧さこそが歌仙の捌き手と連衆の想像力を自由自在に働かせ、次の付け句を生み、歌仙を前へ進める力となる。もし面影ではなく下敷きの物語や和歌がそのまま写してあれば、人々の想像力の翼は縛られ、付け句の余地は狭まり、歌仙はたちまち硬直してしまうだろう。

自分自身あるいは連衆の付け句の随所にさまざまな面影を配置することによって歌仙を奥深いものにし、前へ進めるのが捌き手の手腕にかかっていた。この手腕を縦横に駆使したのが芭蕉、とくに『猿蓑』時代の芭蕉だった。

うき人を枳殻垣よりくゞらせん　　芭蕉（雑・恋）

車を隣に引きこんだのなら、その客人は垣根を越えてこちらに来なくてはならない。「うき人」とは「憂き人」。ここでは最近あまり訪ねて来なくなった浮気な男。一方、嫉妬の炎をじりじりと燃やしているのは女である。ここは懲らしめるために棘だらけのカラタチ（枳殻）の垣根を潜って入ってもらおうというのだ。『伊勢物語』には男が築地塀《ついじべい》の崩れから女のもとへ通う話がある（第五段）。

芭蕉の付け句である。凡兆の前句が夕顔にかまける源氏の面影であるから、こちらは源氏の訪れを今や遅しと待ちかねる六条御息所の面影を付けた。六条御息所は源氏を愛するあまり生霊となって正妻である葵の上を呪い殺す、恐ろしくも哀しい女性である。夕顔も六条御息所もどちらもあくまで面影。打てば響くこの呼吸が連句の醍醐味である。

この凡兆と芭蕉の掛け合いをひとつの頂点として名残の折、同時に歌仙「鳶の羽の巻」一巻は終息へと向かう。

いまや別の刀さし出す　　去来（雑・恋）

これほどこじれた仲なら、これで別れてくれと男が別れ話を切り出すのが去来の付けである。ただ「別れの刀」というのであるから、ここはもはや王朝の世界を脱け出して武家の男女に転じている。

せはしげに櫛でかしらをかきちらし　凡兆（雑）

別れ話を切り出された女の描写。突然の別れ話に呆然と櫛で髪を掻き散らして嘆いているところ。

おもひ切たる死ぐるひ見よ　史邦（雑）

前句が髪を掻き散らす女の狂乱なら、こちらは戦場で髪を振り乱した男の狂乱。もはや最期と観念した武将が兜を脱ぎ捨て髻《もとどり》を解いてザンバラ髪となり奮戦している。

青天に有明月の朝ぼらけ　去来（秋・月）

戦いがすんで一夜が明けてゆく。青みを増してゆく空にまだ月が残っている。あっぱれな最期をとげた武将のなごりを惜しむかのように。月の定座。

湖水の秋の比良のはつ霜　芭蕉（秋）

前句の天空の情景に地上の景色を添える。琵琶湖のほとりにそびえる比良山《ひらさん》はまだ秋なのに早々と初霜で白く染まっている。

次からいよいよ名残の折も裏の六句へ。

【名残の裏】

柴の戸や蕎麦ぬすまれて歌をよむ　史邦（秋）

比良山の麓の山里でのこと。草庵暮らしのとある隠者が畑の蕎麦を盗まれた。凡人なら怒るか嘆くかするところだが、そこは浮世離れした隠者である。蕎麦を盗まれたことを歌にした。蕎麦だけでは無季だが、ここでは実った蕎麦であるから秋の句にしている。

この手の話は必ず古典の逸話を下敷きにしている。はたして『古今著聞集』に蕎麦を盗まれて歌を詠んだという澄恵《ちょうえ》僧都の話がある（巻十二、「偸盗」）。

ぬす人はながばかまをやきたるらんそばをとりてぞはしりさりぬる

盗人はきっと長い袴をはいていたのだろう。袴の稜《そば》をとって走り去ったのだから。袴の稜とは袴の両脇の切れ目を縫いとめた部分。股立《ももだち》ともいう。ここをつまんで袴の紐や帯に挟むことを「稜をとる」「股立をとる」という。長い袴を引きあげて足にまつわらぬようにする。この歌は稜に蕎麦をかけた笑いの歌である。

ぬのこ着習ふ風の夕ぐれ　凡兆（冬）

布子は綿入（冬）。夕暮れの風も冷え冷えとして、そろそろ綿入を着る季節になった。

押合て寝ては又立つかりまくら　芭蕉（雑）

「かりまくら」は仮の枕、つまり旅寝である。ここでは押し合って雑魚寝したもののなかなか寝つかれず、布団から立って息抜きにゆく。

たゝらの雲のまだ赤き空　去来（雑）

「たゝら」とは古来、製鉄に用いた巨大な鞴《ふいご》のこと。数人がかりで踏んで風を起こすので踏鞴と書く。「たたら」を踏んで熾す製鉄用の炉を「たたら」といい、製鉄の技術者、その集団、さらに彼らの住む集落も「たたら」と呼んだ。

去来の句、「たゝらの雲」はたたらの炉のように真赤な朝焼け雲。寝つけずに空を眺めると、すでに夜明け、朝焼け雲がまだあかあかと東の空にたなびいている。

一構鞦つくる窓のはな　凡兆（春）

鞦は馬具のひとつ、鞍と尾をつなぐ革具である。凡兆が描くのは馬具を作る革職人の工房。前句で去来が「たたら」を出したので、こちらは革職人を対置した。人物が向かいあうように付ける、この付け方を「向付《むかいづけ》」という。

窓からは桜の花が見える。花の定座。

枇杷の古葉に木の芽もえたつ　史邦（春）

桜のかたわらには枇杷の木があって新芽が立ちはじめている。

この史邦の挙句は凡兆の花の句に添えただけのようにみえるが、そうではない。歌仙「鳶の羽の巻」は芭蕉の新風をことほぐ去来の発句「鳶の羽も刷ぬはつしぐれ」ではじまった。古葉の上に萌えたつ枇杷の新芽は俳諧の古い伝統を打ち破る芭蕉の新風の姿そのものだろうと、史邦は去来の発句に遠くから唱和している。

「鳶の羽の巻」の最終局面、名残の裏の後半三句の展開はまず朝焼けの空（去来）、馬と馬具（凡兆）、萌えたつ木の芽とつづき、全体として新しい世界への旅立ちの印象がある。この歌仙が芭蕉の新風の仕上げの意味をもっていたことを考えると、新風の船出をことほぐ大団円になっているだろう。

5

このようにして歌仙は巻かれるが、歌仙の一巻をあるときは表に立ち、またあるときは裏に隠れてとり仕切ったのが捌き手の芭蕉だった。ではその捌きとは何か。芭蕉が「俳諧こそは老翁が骨髄」（『宇陀法師』）と自負した歌仙の捌きとはどんな仕事なのか。

一言でいえば、歌仙の捌きとは歌仙一巻の発句から挙句まですべてを指揮監督することである。船であれば船長、野球であれば監督、オーケストラなら指揮者にあたる。ここから次のことがわかる。

たしかに歌仙のすべての句にはそれぞれの作者の名前、「鳶の羽の巻」では芭蕉、去来、凡兆、史邦という名前が記してある。しかし歌仙では句の作者名は必ずしもその句がその作者の作品であることを意味しない。それぞれの作者の名前のうしろにはいつも捌き手である芭蕉が控えている。つまり歌仙の句はそれぞれの作者と芭蕉の合作であるということになる。歌仙の句の作者はただ去来、凡兆、史邦なのではなく、去来＋芭蕉、凡兆＋芭蕉、史邦＋芭蕉なのだ。

美術や音楽にしても文学にしても近代的な芸術観では一つの作品は一人の芸術家の作品である。一つの作品は一人の芸術家によって創造されなければならない。これが芸術は個人の創作であるという近代的な芸術観だろう。歌仙の句が各作者と捌き手の合作であるのなら、歌仙は近代的な意味での芸術ではないということになるかもしれない。いいかえると、歌仙は近代的な芸術からはみ出している。

歌仙はしばしば「座の文学」であるといわれるが、そのほんとうの意味は複数の個人が単に集まって歌仙を巻いているということではない。その「座」では個人同士が互いの境界線をぼかし、影響しあい融合しあいながら言葉を紡ぎ、織りだしてゆく。これが歌仙の座で繰り広げられている共同作業、「座の文学」といわれるものの実態である。

ここからこう考えることができるだろう。歌仙とは一人の捌き手がさまざまな素質や才能をもったほかの連衆を動かして作りあげてゆく織り物のようなものなのだ。この言葉の織り物を織り出してゆく織り手の役割りこそが歌仙の捌きであり、指揮監督するとはそういうことだ。歌仙一巻の最終的な作者は捌き手その人であるといってもいい。

歌仙を巻くにあたって、これほど絶大な権限をもつ捌き手はどんな資質を備えていればいいのか。ほかの連衆から自分たちの句を託せる人として認めてもらえるのか。

すぐ思いつく回答は歌仙のさまざまな決まりごとを知っているかどうかということだろう。しかし野球のルールを知っているだけで監督が務まらないのと同じように、歌仙のルールを知っているだけでは捌き手としては不十分である。

それどころか歌仙にとってルールは些細な問題である。歌仙が生き物である以上、場合によってはルールを動かしたり、破ったりしなければならない。ルールを知っていることが大事なのは、知っていなければルールをどう動かし、いつ破るかがわからないからである。歌仙においてはルールを知って、ひたすら守ることより、そのルールの動かし方、破り方、別のいい方をすればルールの生かし方を知っていることのほうがはるかに重要である。

## 6

じつは歌仙の捌き手に何よりも求められるのは「風雅の世界」に立つことだった。では風雅とは何か。ここでは芭蕉自身が残したいくつかの言葉から「風雅の世界」の輪郭を探っておきたい。

芭蕉は『笈《おい》の小文』（一六八八、元禄一）の冒頭にこう書いている。

百骸九竅《ひやくがいきうけう》の中に物有。かりに名付て風羅坊《ふうらばう》といふ。誠にうすもの丶風に破れやすからん事をいふにやあらむ。かれ狂句を好むこと久し。終《つひ》に生涯のはかりごと丶なす。（中略）しばらく身を立《たて》む事をねがへども、これが為にさへられ、暫ク学で愚を暁《さとら》ン事をおもへども、是が為に破られ、つゐに無能無芸にして只此一筋に繋がる。西行《さいぎやう》の和哥における、宗祇《そうぎ》の連哥における、雪舟《せつしう》の絵における、利休《りきう》が茶における、其貫道する物は一なり。しかも風雅におけるもの、造《ざう》化《くわ》にしたがひて四時《しいじ》を友とす。見る処花にあらずといふ事なし。おもふ所月にあらずといふ事なし。

前半では自分が生涯、俳諧（狂句）一筋に生きてきたことを述べ、ついで西行の和歌も宗祇の連歌も雪舟の水墨画も利休の茶も、それを貫いているのは「同じひとつのこと」であるという。その次に「風雅」という言葉が登場する。生涯、俳諧を追求してきた私も西行や宗祇や雪舟や利休と同じように、自然の営み（造化）にしたがって四季（四時）のめぐりを友として親しんできた。それが風雅の世界であるというのだ。この風雅の世界にいれば目に見るものすべてが花であり、心に思うことすべてが月である。この風雅とは現実の世界とは別に打ち立てた風雅の世界であり、芭蕉にとって歌仙の世界をさしているだろう。

「許六《きょりく》離別詞」(「柴門の辞」、一六九三、元禄六)にも「風雅」の言葉がみえる。

予が風雅は夏炉《かろ》冬扇《とうせん》のごとし。衆にさかひて用る所なし。

私が生涯をかけてやってきた風雅(すなわち歌仙)はたとえていえば夏の炉、冬の扇のようなものである。現実の世界の人々に背を向けていて(衆にさかひて)、実生活には何の役にもたたない。このように現実の世界とは別に打ち立てた風雅の世界を、芭蕉はあるときは「虚」とも呼んだ。次に引用するのは門弟の支考が書きとめた芭蕉の言葉である。

翁の曰く、俳諧といふに三ツの品あり。寂莫《せきばく》はその情をいへり。女色美肴《にょしきびかう》にあそびて麁食《そじき》のさびをたのしみ、風流はそのすがたをいへり。綾羅錦繍《りようらきんしう》に居て薦《こも》着たる人をわすれず。風狂は其言語をいへり。言語は虚に居て実をおこなふべし。実に居て虚にあそぶ事は難《かた》し。

(支考「陳情の表」)

ここで芭蕉は俳諧(歌仙)には情(心)における「寂莫」、その情が目に見えるものとなった姿(形)における「風流」、言語(言葉)における「風狂」という三つの側面があるという。

まず「寂莫」とは、たとえていえば女たちに溺れ、美食のかぎりを味わったはてに(女色美肴にあそびて）、質素な食事の味わい（麁食のさび）を楽しむ、その心持ち（情）のことである。

次に「風流」とは美しく着飾っていても（綾羅錦繡に居て）、粗末な薦（莚）をかぶった貧しい人々を心にかける、いわば暮らし方（姿）である。

そのうえで言語つまり言葉における「風狂」について語る。俳諧の言葉は「虚に居て実をおこなふべし。実に居て虚にあそぶ事は難し」というのだ。この「虚」とはこれまでみてきた風雅のことにほかならない。それをここでは「風狂」とも呼んでいる。

ではここで「虚」に対置されている「実」とは何か。それはわれわれが生きている現実の世界の人生や社会をさしている。とすれば「虚に居て実をおこなふべし。実に居て虚にあそぶ事は難し」という文章は次のような意味になるだろう。俳諧（歌仙）は風雅の世界（虚）に心を置いて、現実の世界（実）に遊ぶべきである。その逆に現実の世界から脱け出さないままで風雅に遊ぶのは難しい。

芭蕉にとって歌仙の捌きとはまさにこの「虚に居て実をおこなふ」ことだった。風雅の世界に身を置いて（虚に居て）、現実の世界に遊ぶ（実をおこなふ）こと、具体的にいえば風雅の世界から現実の世界を眺め、そこに題材を見つけ、言葉で描くこと。これこそが芭蕉にとって歌仙を巻く、捌くということであり、みずから「俳諧こそは老翁が骨髄」（『宇陀法師』）と自負したことの実体だったろう。

では芭蕉が「難し」という「実に居て虚にあそぶ」とはどういうことか。それは現実の世界から脱け出さないまま（実に居て）、風雅の世界に遊ぶ（虚にあそぶ）ということである。そのような人は現実の世界に心を置いたままで歌仙を巻こうとする。しかし芭蕉からみれば、それは歌仙を巻く人としては「難し」、つまり失格だった。

さらに「高悟帰俗《こうごきぞく》」という言葉も「風雅」や「虚」につらなる一連の言葉である。故郷伊賀上野の蕉門の重鎮、土芳《とほう》が書いた『三冊子《さんぞうし》』にその言葉が出てくる。

高く心を悟りて俗に帰るべしとの教《おしへ》也。つねに風雅の誠を責《せめ》悟りて、今なすところ、俳諧にかへるべしと云《いへ》る也。

ここでいう「高く心を悟りて」とは現実の世界から脱け出して風雅の世界に心を置くこと。一方「俗に帰るべし」とは「虚に居て実をおこなふ」ことにほかならないだろう。

『三冊子』の文章は次のようにつづく。

常風雅にゐるものは、思ふ心の色物となりて、句姿定まるものなれば、取物自然《とるものじねん》にして子細《しさい》なし。心の色うるはしからざれば、外に言葉を工《たく》む。是すなはち常に誠を勤めざる心の俗なり。

いつも風雅に心を置いている人は、そこで想像するものが言葉となって句の姿が決まってくるので、できあがった句は自然で破綻がない。ところが、風雅に徹しきれていなければ（心の色うるはしからざれば）、表面に表われる言葉だけをあれこれいじろうとする。このような人は風雅に徹しないままで心が俗（現実の世界）から抜けられない状態である。いいかえれば「実に居て虚にあそぶ」状態である。

ここで語られている「風雅」が虚と実の「虚」にあたり、「俗」が「実」にあたることは明らかである。じつに一貫した文学論であるといわなければならない。

ここまでをまとめると次のようになる。

この世には人間が生きている現実の世界と、それとは別の風雅の世界がある。芭蕉は現実の世界（実、俗）を脱却して風雅の世界（風狂、虚、高悟）を打ち立て、そこから逆に現実の世界を眺めようとした。歌仙に関していえば、歌仙の捌き手、それにできればほかの連衆も風雅の世界の人でなければならなかった。

では芭蕉が現実の世界（実）を脱け出して打ち立てようとした風雅の世界（虚）とはどんな世界だったのだろうか。

# 第二章

# 『おくのほそ道』の虚と実

1

現実の世界（実）とは別に存在する風雅の世界（虚）。芭蕉にとってそれはどんな世界だったか。ここでは『おくのほそ道』のいくつかの場面にその一端を探ってみたい。『おくのほそ道』の那須野《なすの》のくだりは次のように書かれている。

那須の黒ばねと云《いふ》所に知人あれば、是より野越《のごえ》にかゝりて、直道《すぐみち》をゆかんとす。遥《はるか》に一村を見かけて行《ゆく》に、雨降《ふり》日暮《くる》る。農夫の家に一夜をかりて、明《あく》れば又野中を行。そこに野飼《のがひ》の馬あり。草刈おのこになげきよれば、野夫《やぶ》といへどもさすがに情《なさけ》しらぬには非ず。「いかゞすべきや、されども此野《この》は東西縦横にわかれて、うゐ〳〵敷旅人《しき》の道ふみたがえん、あやしう侍れば、此馬のとゞまる所にて馬を返し給へ」とかし侍《はべり》ぬ。ちいさき者ふたり、馬の跡したひてはしる。独《ひとり》は小娘にて、名をかさねと云。聞なれぬ名のやさしかりければ、

かさねとは八重撫子《なでしこ》の名成《なる》べし　曾良《そら》

頓《やが》て人里に至れば、あたひを鞍つぼに結付《むすびつけ》て馬を返しぬ。

芭蕉と曾良は那須野の原野を横切るために草刈りの男から馬を借り受ける。馬に乗って出発す

ると、草刈りの男の子どもだろうか、小さな女の子と男の子があとについて走ってくる。名前をたずねると女の子は「かさね」という名前だった。曾良はこの名前を聞くとにわかに感興が湧きおこって一句を詠んだ。それが「かさねとは」の句である。

「かさね」という優しい名前はまるで八重撫子の名前のようだね。句意はそんなところだろう。『おくのほそ道』の中では可憐な場面であり、一度読んだことのある人なら印象に残っているくだりだが、ここで曾良に何が起こっているのか。芭蕉は『おくのほそ道』のこのくだりに何を書きつけたのか。

もう一度、順序立てていえば、芭蕉と曾良は馬を借りた。二人の子どもが馬について走ってきた。女の子の名前は「かさね」だった。そこで曾良は「かさねとは」の句を詠んだ。そのことを芭蕉は覚えていて『おくのほそ道』に書いた。これだけのことである。それだけのことだが芭蕉は言外に重要なことを読者に伝えている。

二人の子どもは男の子も女の子も当時の田舎の子どもである。顔も髪も手足も着物も泥や汚れにまみれていただろう。可愛らしくもなかったかもしれない。悲惨な境遇だったかもしれない。それが現実の世界に生きている子どもの姿というものである。

ところが曾良は女の子の「かさね」という名前に反応した。名前とは言葉にほかならない。ここではその名前が「かさね」という優美な王朝時代を連想させる言葉だった。

いま『日本国語大辞典』(小学館)で「かさね」を引くと、「重・襲」という漢字を記したあと、

「①物などを重ねること。また、重ねたもの」「②特に、衣服を数枚重ねて着ること。また、その衣服。かさねぎ」という解説があって『源氏物語』などから次の例文があがっている。

緑の薄様の、好ましきかさねなるに、手はまたいと若けれど生先き見えていとをかしげに
（『源氏物語』乙女）

姫君檜皮（ひはだ）色の紙のかさね、ただいささかに書きて
（同、真木柱）

細長、小袿（こうちぎ）のいろいろさまざまを御覧ずるに「（略）うらやみなくこそものすべかりけれ、このかさねども」とうへに聞え給へば
（同、玉鬘）

かさねの袿（うちぎ）などは、いかにしなしたるにかあらん
（同、初音）

前二つは①の、あと二つは②の例文である。このように王朝時代、「かさね」という言葉はそれだけで美しく染めた紙や布を重ねることを表わした。そこから辞典の解説は「かさねの色目」「かさねの袴」へと及んでゆく。

このように「かさね」という言葉は王朝以来の伝統を背負った言葉だった。芭蕉と曾良はその「かさね」という言葉を思いもかけず東国の那須野の原野で耳にしたのである。

現実にそこにいる子どもの姿が可愛らしいとか生い立ちが可哀そうだなどというのではない。曾良は女の子の「かさね」という名前に心を魅かれてこの句を詠んだ。つまり曾良は言葉に反応

した。
現実の子どもではなく、その優美な名前つまり言葉に心魅かれた曾良の態度は文学的な反応、いいかえれば風雅の心のなせるところだったといわなくてはならない。そして芭蕉も曾良の文学的な反応、風雅の心に共感して『おくのほそ道』に書き残したということになるだろう。「聞なれぬ名のやさしかりければ」という一節がそのときの芭蕉と曾良、二人の気持ちを伝えている。言葉に反応する芭蕉と曾良の姿はここだけでなく、『おくのほそ道』のいたるところにみられる。
たとえば日光・黒髪山《くろかみやま》のくだり。

黒髪山は、霞かゝりて、雪いまだ白し。
剃《そり》捨《すて》て黒髪山に衣《ころも》更《がへ》　曾良
曾良は、河合氏にして、惣五郎《そうごらう》と云へり。芭蕉の下葉に軒をならべて、予が薪水《しんすい》の労をたすく。このたび、松しま・象潟《きさがた》の眺《ながめ》共にせん事を悦び、且《かつ》は羇旅《きりよ》の難をいたはらんと、旅立暁《あかつき》髪を剃て墨染《すみぞめ》にさまをかえ、惣五を改て宗悟《そうご》とす。仍《よつ》て黒髪山の句有。衣更の二字、力ありてきこゆ。

芭蕉が遂行者の曾良について人となりをはじめて読者に紹介する場面である。ここで曾良は日光の主峰、黒髪山を仰ぎながら「剃捨て」の句を詠んだ。注目すべきは曾良のこの句である。更衣（衣更）は夏の初めに冬の綿入を夏の袷《あわせ》に改めることである。曾良の句は芭蕉の本文とあわせて読むと、今年の更衣は衣服を夏物に改めただけでなく、みちのくの旅を前にして世俗の服から墨染の僧衣に改めたという句であることがわかる。更衣という季語を二つの意味に使っているわけだ。

じっさい曾良が髪を剃り、墨染の衣に改めたのは本文に「旅立暁髪を剃て墨染にさまをかえ」とあるとおり、深川を旅立つ直前のことだった。しかし、そのときは句にしなかった。それを日光にきて句にしたのは、ひとつには二人が日光に参詣したのが夏の初めの旧暦四月、ちょうど更衣の季節だったからである。それともうひとつは、そこに黒髪山という名前の山があったからである。

ここで曾良はまず黒髪山という山の名前、つまり言葉に心魅かれた。黒髪山の黒髪から髪を剃り落して僧の姿になることに連想が及び、それに旧暦四月の更衣をあわせた。それがこの句の誕生の経緯だろう。

黒髪山とは日光三山（男体山《なんたいさん》、女峰山《にょほうさん》、太郎山《たろうさん》）の主峰、男体山のことである。古くは二荒山《ふたらさん》とも呼ばれた。しかし芭蕉が本文に「黒髪山は、霞かゝりて、雪いまだ白し」と書いているとおり、ここでは男体山でも日光山でも二荒山でもなく黒髪山でなければならなかった。なぜなら黒髪山だからこそ、曾良は「剃り捨て」の句を詠めるからである。かりにこの山が男体山、日光山、二荒山という名前しかもたなければ曾良の句は決して詠まれることはなかっただろう。

曾良はここでも黒髪山という山の名前に反応した。そして芭蕉も曾良のこの姿勢をよしとして、『おくのほそ道』にこの句を書き入れたのである。

## 2

芭蕉と曾良のこの姿勢が端的に書き記されているのが、宮城野《みやぎの》のくだりだろう。仙台に逗留中、芭蕉と曾良は加右衛門という人の案内で郊外の歌枕を見てまわる。

> 名《な》取川《とりがわ》を渡《わたつ》て仙台に入。あやめふく日也。旅宿をもとめて四五日逗留す。爰《ここ》に画工加右衛門と云ものあり。聊《いささか》心ある者と聞《きき》て、知る人になる。この者、「年比《としごろ》さだかならぬ名どころを考置侍《おきはべ》れば」とて、一日案内す。宮城野《みやぎの》の萩茂りあひて、秋の気色おもひやらる。玉田・よこ野、つゝじが岡はあせび咲ころ也。日影ももらぬ松の林に入て、爰を木の下と云とぞ。昔もかく露ふかければこそ、「みさぶらひみかさ」とはよみたれ。薬師堂・天神の御社《みやしろ》など拝《をがみ》て、その日はくれぬ。猶《なほ》、松島・塩がまの所々、画《ゑ》に書て送る。且、紺の染緒つけたる草鞋《わらぢ》二足餞《はなむけ》す。されば こそ、風流のしれもの、爰に至りて其実《そのまこと》を顕す。
>
> あやめ艸《ぐさ》足に結《むすば》ん草鞋の緒

かの画図にまかせてたどり行ば、おくの細道の山際に、十苻《とふ》の菅《すげ》有。今も年々十苻の菅菰《すがごも》を調《ととのへ》て国守に献ずと云り。

ここに登場する加右衛門は絵描き（画工）である。「年比さだかならぬ名どころを考置侍れば」とあるとおり、画業のかたわら仙台周辺の歌枕（名どころ）の調査をしていたようだ。

仙台藩の一領民である加右衛門の行動を理解するには、時代背景を知らなくてはならない。日本では室町時代の半ば、応仁の乱（一四六七—七七）以降、百三十年に及ぶ長い内乱の時代があった。関ヶ原の合戦（一六〇〇）で徳川家康方（東軍）が石田三成（西軍）に勝利をおさめて内乱に一応の終止符を打ったものの、その後も大坂を拠点とする豊臣方の抵抗がつづき、最終的に太平の時代が到来したのは十五年後、大坂冬の陣（一六一四）、夏の陣（一六一五）ののちだった。

芭蕉と曾良が『おくのほそ道』の旅（一六八九）をする七十年あまり昔のことである。今年（二〇一五）は昭和戦争（一九三七—四五）の終結から七十年目にあたるが、芭蕉の時代の人々と内乱の時代の距離感は、現代人の昭和戦争への距離感とさして違わないはずだ。

話を戻せば、百三十年もの長くかつ全国的な戦乱によって、千年にわたって蓄積されてきた日本の古典文化は建築も絵画も文学も、あるいは戦火に焼かれ、あるいは散逸して壊滅的な打撃を受けた。徳川幕府が太平の時代（パックス・トクガワーナ）をもたらしたとき、文化の分野でまず湧き起こったのは長い内乱によって失われた古典の復興の機運だった。江戸、京都をはじめ全国各地で、寺社の再建や古典の収集がさかんに行なわれるようになった。

仙台藩では初代藩主、伊達《だて》政宗（一五六七―一六三六）をさきがけとして歴代の藩主たちが領内の古典復興に取り組んだ。『おくのほそ道』に登場するものだけでも、塩竈《しおがま》神社、瑞巌寺《ずいがんじ》（松島）、中尊寺《ちゅうそんじ》（平泉）などいずれも伊達藩の支援によって荒廃からよみがえった寺社である。

芭蕉と曾良は松島への渡海を前に一夜、塩竈の浦の宿で「奥浄瑠璃」（奥上るり）なるものを聞いた。

其夜、目盲《めくら》法師の、琵琶をならして、奥上るりと云ものをかたる。平家にもあらず、舞にもあらず、ひなびたる調子うち上《あげ》て、枕ちかうかしましけれど、さすがに辺国の遺風忘れざるものから、殊勝に覚《おぼえ》らる。

ここに「平家にもあらず、舞にもあらず、ひなびたる調子うち上て、枕ちかうかしましけれど」とあるところからすると、現在の津軽三味線に近いものかとも思えるが、二人がはじめて耳にする音曲だった。この奥浄瑠璃もみちのく独自の芸能として伊達藩の庇護のもとにあった。

## 3

さらに伊達藩が取り組んでいたのが領内の歌枕の調査である。歌枕とは王朝、中世の昔、和歌に詠まれることによって誕生した全国各地の名所や旧跡である。そもそも昔の歌人たちはじっさいにその地へ出向いて風物を詠むのではなく、京の都を一歩も出ずに土地の名前を和歌に詠みこんだ。歌枕とはこうして誕生するものだから、どこにあるといわれていても、そこにあるというものではない。むしろ歌人たちの想像の世界にだけあって、この世界のどこにも存在しない非在の名所、旧跡である。

歌枕について室町時代の大歌人、正徹《しょうてつ》（清巌《せいがん》正徹、一三八〇—一四五八）は次のように指摘している。

よし野山いづくぞと人のたづね侍らば、たゞ花にはよし野、紅葉には立田をよむ事と思ひ侍りてよむばかりにて、伊勢やらん日向やらん、しらずとこたふべき也。いづれの国と才覚はおぼえて用なし。おぼえんとせねども、おのづから覚えらるれば、よし野は大和としる也。

（『正徹物語』）

吉野山は誰もが知る歌枕だが、桜の歌枕であることさえ承知していれば十分であるというのだ。じっさいは大和（奈良県）にあるが、隣の伊勢（三重県）にあろうが、たとえ九州の日向《ひゅうが》（宮崎県）にあろうが、歌人にはかかわりがない。こうした発言が出てくるのは歌枕が実在の土地ではなく、歌人の心の中にある想像上の土地だからである。

歌枕がどこにも存在しない非在の名所、旧跡であるならば、その調査という作業自体、もともと不可能なことであり、おかしなことでもあるのだが、当時、この事業に藩をあげて取り組んでいたのが、芭蕉たちがいま通過しつつある伊達藩だった。

おかしな企てであるから、おかしなことも起る。仙台をあとにした芭蕉と曾良は多賀城でみちのくの歌枕のひとつ「壺の碑」といわれる石碑を目にして感激する。

壺碑《つぼのいしぶみ》　市川村多賀城に有。

つぼの石ぶみは、高六尺余、横三尺計《ばかり》歟。苔を穿《うがち》て文字幽《かすか》也。四維《しゆゐ》国界之数里をしるす。「此城、神亀《じんき》元年、按察使《あぜつし》鎮守苻将軍大野朝臣東人《おほののあそんあづまうと》之所里也。天平宝字六年、参議東海東山節度《とうせん》使同将軍恵美朝臣《ゑみのあそん》獦《（ママ）》修造《しゆざう》而。十二月朔日」と有。聖武皇帝の御時《おほんとき》に当れり。むかしよりよみ置る哥枕おほく語伝ふといへども、山崩、川流て、道あらたまり、石は埋《うづもれ》て土にかくれ、木は老て若木にかはれば、時移り、代変じて、其跡たしかならぬ事のみを、爰《ここ》に至りて疑なき千《せん》歳《ざい》の記念《かたみ》、今眼前に古人の心を閲す。行脚《あんぎや》の一徳、存命の悦び、羈旅《きりよ》の労をわすれて、泪《なみだ》も落るばかり也。

ところが、ここで二人が目の前にしているのは「壺の碑」ではなく多賀城碑《たがじょうひ》だった。多賀城は奈良時代に築かれた蝦夷《えぞ》との最前線基地であり、多賀城碑とはその記念碑である。二人はこの多賀城碑を歌枕の「壺の碑」と誤った。そのことを現代にいるわれわれは承知している。しかし、それを笑うわけにいかないのは当時、伊達藩がこの多賀城碑こそが「壺の碑」にほかならないとお墨付きを与えていたからである。

もともと「壺の碑」は西行（一一一八—九〇）の歌などで知られることになった歌枕である。

むつのくの奥ゆかしくぞ思ほゆるつぼのいしぶみそとの浜風

（『山家集』）

「むつのく」は陸奥の国、みちのくのことである。その最果て（奥）まで行ってみたい。そこには「つぼのいしぶみ」「そとの浜風」という名前で呼ばれるものがあるから。

再度、確認しておかなくてはならないのは、西行は「つぼのいしぶみ」や「そとの浜風」をその目で見てこの歌を詠んだのではないということである。見たことはもちろん行ったこともなく、みちのくのどこにあるのかも知らない。さらにはほんとうにあるのかさえわからない。だからこそ心魅かれているのだ。

かりに「つぼのいしぶみ」「そとの浜風」がみちのくのどこかに存在するとしても、「むつのくの奥」というのだから伊達藩の多賀城などよりはるかに北、みちのくの奥地ではないかと誰でも疑うはずだ。ところが当時の伊達藩の人々は多賀城碑こそ西行の歌にある「つぼのいしぶみ」にほかならないと思いこんだ。というよりも思いこもうとした。名高い歌枕を何とか領内にもってきたいという我田引水。これも過剰な古典復興熱のなせるわざといわなければならない。

芭蕉と曾良はまさにこのような古典復興熱に浮かれる伊達領内を旅していたのである。

## 4

仙台藩の古典復興熱は行政側だけでなく領民にも及んだ。領民のなかにも自分たちで歌枕の調査に乗り出す人々が現われた。『おくのほそ道』に記された「画工加右衛門」とはそういう人だった。北野屋加右衛門という実在の人物である。俳号は加之。仙台にゆかり深い俳諧師、三千風《みちかぜ》（一六三九―一七〇七）の高弟である。俳諧関係の書店の主だった。

宮城野のくだりに戻れば、芭蕉と曾良は「年比さだかならぬ名どころを考置侍れば」、どこにあるかわからない歌枕を数年かかって調べて置きましたのでという加右衛門の案内で仙台周辺の歌枕を見てまわった。宮城野、玉田・よこ野、つゝじが岡、木の下。いずれもみちのくにあると伝えられてきた歌枕である。さらに加右衛門は芭蕉たちがこれから訪ねようとしている松島や塩竈（いずれも歌枕）の絵を描いて贈った。ここから想像すると、このあと二人が訪れるいくつもの歌枕の所在地は加右衛門に教わったのではなかったか。

「年比さだかならぬ名どころを考置侍れば」というところからみると、加右衛門は昔は明らかだった歌枕の所在地が長い歳月のうちにわからなくなってしまったと思っているようだ。しかし歌枕というものは、はじめからどこかにあって歌に詠まれたのではない。

古人が歌に詠んだときは、どこにあるかわからないものだった。正徹の言葉を借りれば、どこにあろうとかまわなかった。さらにどこにもなくてもよかった。ところが歌が広まるにつれて、あの歌に詠まれているあの場所はここではないか、ここにちがいないともっともらしい場所が選びだされ、特定されてゆく。仙台藩も加右衛門も歌の世界のみちのくにあった歌枕を、現実のみちのくの地図の上に移し替えてゆくという作業にかかわっていたことになる。

重要なのは加右衛門に対する芭蕉の評価である。まず「聊心ある者と聞て、知る人になる」とある。この「心ある者」とは風雅のわかる人のことだろう。いいかえれば言葉や文学の世界、すなわち虚の世界に心を寄せている人である。加右衛門はそういう人だったからこそ歌枕に関心をもち、その特定作業に励んでいたのである。

気にかかるのは「聊心ある者と聞て」の「聊」である。「いささか」とは多少の意味であるから「聊心ある者」はちょっとばかり風雅の世界がわかる人ということになる。聞きようでは加右衛門を軽んじているともとれる。芭蕉はなぜこのような冷やかな言い方をしたのか。

もう一か所、芭蕉が加右衛門を評したところがあって、そこには「さればこそ、風流のしれもの、爰に至りて其実を顕す」とある。加右衛門に「紺の染緒つけたる草鞋二足」を旅の餞けとして贈られて、そう評している。なぜ「紺の染緒つけたる草鞋二足」を贈ったことが「風流のしれもの」という評価につながるのか。

芭蕉と曾良が仙台に入ったのは「あやめふく日」（菖蒲葺く日）、つまり五月四日、端午の節句の前日のことだった。そして四、五日逗留したとある。加右衛門は二人が出発するさい、端午の節句にちなんで「紺の染緒つけたる草鞋二足」を贈り物にした。紺の布の鼻緒をつけた草鞋とはあやめの花を面影にしたのである。風流な贈り物を芭蕉は喜び、「風流のしれもの」、風流に酔いしれている人とほめた。

「しれもの」（痴れ者）とは文字どおりにとれば馬鹿者、愚か者である。ただここでは愚かなくらい風流にのめりこんでいる人とほめているのだが、だからといって馬鹿者、愚か者という本来の意味が消えてなくなるわけではない。じつに危うい使い方といわなければならない。さらに「さればこそ、風流のしれもの、爰に至りて其実を顕す」という、相手をからかっているともとれる大袈裟な言い方は何なのか。

思い出すのは芭蕉の次の言葉である。

言語は虚に居て実をおこなふべし。実に居て虚にあそぶ事は難し。（支考「陳情の表」）

ここで芭蕉は「言語」、ここでは歌仙について風雅の世界（虚）に心を置いて、現実の世界（実）に遊ぶべきである、その逆に現実の世界から脱け出さないままで風雅の世界に遊ぶのは難しいといっていた（五〇ページ）。

芭蕉も曾良も「虚に居て実をおこなふ」人であり、風雅の世界に心を置いて現実の世界で遊んでいるのだが、加右衛門という人は芭蕉の眼には「実に居て虚にあそぶ」人、現実の世界から脱け出さないまま、風雅を楽しんでいる人と映っていたのではないか。

「聊心ある者」あるいは「さればこそ、風流のしれもの、爰に至りて其実を顕す」という表現には芭蕉の加右衛門に対するこうした心情が映し出されている。芭蕉はここで加右衛門が風雅の世界に心を寄せているところはほめ、いまだ現実の世界にいるところは惜しんだのである。加右衛門に対する芭蕉のこの相反する評価が「聊心ある者」「さればこそ、風流のしれもの、爰に至りて其実を顕す」という皮肉な表現をとらせたのではなかったか。

ここからさらに見えてくるものがある。風雅の度合いによる人々の区分けである。まず風雅の世界にいる「虚に居て実をおこなふ」人。次に現実の世界にいて風雅に遊ぶ「実に居て虚にあそぶ」人。そして現実の世界にいるふつうの人である。この三つのグループが風雅の世界にいる人々を中心にして、その外側に現実の世界にいて風雅の世界に遊ぶ人々、さらにそのまわりに現実の世界にいるふつうの人々というふうに水の輪のように同心円状に広がっている。

芭蕉や曾良が風雅の世界にいるのはいうまでもない。蕉門のそのほかの弟子たちもいくらかはこのグループに属していて歌仙を巻いたり発句を詠んだりしている。これに対して現実の世界にいて風雅に遊ぶ人とは風雅に憧れながら徹しきれていない人のことである。加右衛門はどうやらこのグループに含まれているようだ。さらにそのまわりには那須野で出会った草刈りの男やかさねという名の少女のように現実の世界、つまり俗世間で生きるふつうの人々がいる。

『おくのほそ道』は芭蕉と曾良が風雅の世界（虚）にいながら四百年前の東北、北陸という現実の世界（実）を通過してゆく、まさに「虚に居て実をおこなふ」物語なのだ。

『おくのほそ道』は長い間、紀行文、旅の実録であると考えられてきた。そうではないらしいと思われはじめたのは第二次世界大戦最中の一九四三年（昭和十八）、行方不明になっていた『曾良旅日記』が再発見されて出版され、その全容が明らかになってからである。

『曾良旅日記』には『おくのほそ道』の旅の行程、天気、見聞きしたもの、宿泊先などを詳しく記した「曾良随行日記」と呼ばれるものが含まれている。これこそ『おくのほそ道』の旅の実録と呼ぶべきものである。『おくのほそ道』の本文をこの「曾良随行日記」と比べると、さまざまの違いがあることが明らかになった。そこで『おくのほそ道』はじっさいの旅のとおりに書かれていないことがわかった。

しかしながら芭蕉が当代きっての俳諧師、すなわち文学者であったことを考えれば、これは当然のことだろう。文学者が単なる実録など書くだろうか。芭蕉は大坂で亡くなるまで『おくのほそ道』の草稿を手もとにおいて推敲をつづけた。実録であればこれほどの激しい推敲などする必要があるだろうか。むしろ『おくのほそ道』はたくみに虚実を織り交ぜて書いた創作、フィクションであると割り切ったほうが、ことの本質が明確になる。

風雅の世界にいる芭蕉は元禄二年（一六八九）の東北、北陸という現実の世界のただなかを旅する。旅をしながらさまざまな人と出会い、ものを見、体験をするわけだが、そのなかから彼らの文学の琴線を震わせるものだけを『おくのほそ道』に記述してゆく。

次々に現れては消えてゆく現実の世界の人物や事物は芭蕉にとってあくまで文学の素材にすぎない。ときには素材を作り変えることもあれば、さらに現実にはなかったことをあったこととして書き加えることもある。芭蕉が文学者であり、『おくのほそ道』が文学作品である以上、それは当然のことだった。

芭蕉が『おくのほそ道』を書くという作業は歌仙を巻く、さらには歌仙を捌くという作業に酷似している。歌仙の連衆や捌き手は風雅の世界から見える現実や想像の人物や物事を素材にして次々に句を積み重ねてゆく。この二つがなぜ似ているかといえば、どちらも「虚に居て実をおこなふ」ことにほかならないからだろう。

芭蕉が『おくのほそ道』の途中、加賀の山中温泉で曾良、北枝《ほくし》と巻いた歌仙がある。おなかをこわした曾良がここに芭蕉を残して先に伊勢へ向かうことになり、餞別に巻かれた歌仙である。北枝は金沢の人であり芭蕉の門弟。そこから二人についてきていた。三十六句のうち二十一句目（名残の表三句目）までは三人で巻いているが、あとは芭蕉と北枝の二人で巻き終えている。一巻の半ばで曾良は旅立っていったのだ。「曾良随行日記」によれば七月末から八月初めの作である。

この歌仙は「山中三吟」とも、北枝の発句に燕が詠まれているところから「燕歌仙」ともいわれる。芭蕉の直しや評を北枝が書きとめたものが残されていて「翁直しの一巻」とも呼ばれる（巻末参照）。

初折の表の六句（表六句）をみると、

元禄二の秋、翁をおくりて山中温泉に遊ぶ　三両吟

馬借りて燕追《おひ》行《ゆく》わかれかな　北枝（秋）
花野みだるゝ山の曲《まがり》め　曾良（秋）
月よしと相撲《すまふ》に袴踏ぬぎて　翁（秋・月）
鞘《さや》ばしりしをやがてとめけり　北枝（雑）
青淵に獺《うそ》の飛《とび》込《こむ》水の音　曾良（雑）
柴かりこかす峯の笹道　翁（雑）

一句ずつみてゆく。

馬借りて燕追行わかれかな　北枝（秋）

北枝の発句は一足先に旅立つ曾良を見送る句である。南へ帰る燕を追うように君（曾良）は病の身を馬の背に託して旅立ってゆく。冒頭「馬借りて」で視線を馬上の空へ向けさせ、その空に南へ向かう燕の幻が描きだす。

花野みだるゝ山の曲め　曾良（秋）

脇は見送られる曾良がつとめる。山道をたどってゆけば、その曲り目に秋の草花の咲き乱れる花野が広がっている。初案は「花野に高き岩のまがりめ」だったのを芭蕉がこう直した。この句は曾良がここ山中温泉で別れにさいして書き残した『おくのほそ道』の句「行〳〵てたふれ伏《ふす》とも萩の原」を思い起こさせる。

月よしと相撲に袴踏ぬぎて　翁（秋・月）

第三は芭蕉。あまりに月が美しいので相撲をとろうというのだ。勢いこんで足で袴を踏んで脱いでいるところ。前句と合わせれば、月夜の花野での相撲ということになる。表六句の五句目が月の定座だが、発句が秋なので三句目に先取りした。

鞘ばしりしをやがてとめけり　北枝（雑）

北枝の四句目は前句の相撲への意気込みを「鞘ばしり」で移しとっている。刀が鞘から抜け出しそうになること。初案は「鞘ばしりしを友のとめけり」。芭蕉が「友の字おもし」として「やがて」と直した。

青淵に獺の飛込水の音　曾良（雑）

曾良の五句目。青々とした底知れぬ淵に獺《かわうそ》の飛びこむ水音が聞こえる。前句の鞘から走り出る刀身を獺のしなやかな体に移した。芭蕉はいったん「二三疋獺の飛込水の音」と直したが、もとに戻した。この句は芭蕉の古池の句「古池や蛙飛こむ水のおと」に似ている。古池の句は蛙が水に飛びこむ音を聞いて心に古池が浮かんだという句であり、この句の「古池」は宇宙の神秘をたたえている（一五一、一六九ページ）。一方、曾良の句は青淵に獺が飛びこんだという単純な作り。曾良は山中温泉近くの鶴仙渓《かくせんけい》（大聖寺川《だいしょうじがわ》の渓谷）に想を得たかもしれない。

柴かりこかす峯の笹道　翁（雑）

芭蕉の六句目。柴刈りが笹の根に足をとられて転がり落ちるほどの険しい峰の道。芭蕉は「柴かりたどる」とも「かよふ」とも案じたが、「こかす」となった。曾良に道中は注意せよといっている。

このように歌仙では虚実織り交ぜて次々に句を付けてゆく。連衆と捌き手（ここでは北枝、曾良、芭蕉）は風雅の世界から現実の世界を眺めている。そのなかから風雅に適うものがあれば拾い、適わないものは捨てる。必要があれば作り変え、ときには現実の世界にはない話もこしらえる。さらにいえば歌仙を巻く人々にとってはこの世界の記憶も含めた一切が句の素材であり、現実の世界で起きていることは全体のほんの一部、ひとつの塵のようなものにすぎない。

この手法は小説と同じだろう。プルーストも谷崎潤一郎もこのようにして『失われた時を求めて』や『細雪』を書いた。ただ小説はあくまで原因とそれから生まれる結果という因果（論理）を軸に物語を展開してゆくのに対して、歌仙は大小の「間」とそれを飛び越える直感で場面を転じてゆく、ここが違うのである。

この章の最後に『おくのほそ道』最大の虚構である市振《いちぶり》のくだりをみておきたい。

　今日は親しらず・子しらず・犬もどり・駒返《こまがへ》しなど云北国一の難所を越てつかれ侍れば、枕引よせて寐たるに、一間《ひとま》隔《へだて》て面《おもて》の方に、若き女の声、二人計《ばかり》ときこゆ、年老たるおのこの声も交《まじり》て物語するをきけば、越後の国新潟と云ふ所の遊女成《なり》し。伊勢に参宮するとて、此関までおのこの送りて、あすは古郷《ふるさと》にかへす文したゝめ、はかなき言伝などしやる也。白浪のよする汀《なぎさ》に身をはふらかし、あまのこの世をあさましう下りて、定めなき契、日々の業因《ごふいん》いかにつたなしと、物云をきく〳〵寐入て、あした旅立に、我〳〵にむかひて、「行衛《ゆくゑ》しらぬ旅路のうさ、あまり覚束《おぼつか》なう悲しく侍れば、見えがくれにも御跡《おんあと》をしたひ侍《はべら》ん。衣の上の御情《おんなさけ》に、大慈《だいじ》のめぐみをたれて、結縁《けちえん》せさせ給へ」と泪《なみだ》を落す。不便《ふびん》の事にはおもひ侍れども、「我〳〵は所々にてとゞまる方おほし。只、人の行にまかせて行べし。神明《しんめい》の加護、かならず恙《つつが》なかるべし」と云捨て出つゝ、哀《あはれ》さしばらくやまざりけらし。

　一家《ひとつや》に遊女もねたり萩と月

曾良にかたれば、書とゞめ侍る。

『おくのほそ道』の旅も終盤、親不知《おやしらず》、子不知という北陸街道一の難所を越えた芭蕉と曾良は市振の宿で新潟からきた二人の遊女と同じ宿に泊まる。遊女たちはお伊勢参りにゆくらしく、芭蕉たちについてゆかせてくれと頼むのだが、芭蕉たちはすげなく断るという話である。

この話は芭蕉の創作でありフィクションである。「一家に」の句について「曾良にかたれば、書とゞめ侍る」とあるが、「曾良随行日記」にはこの句も遊女と同宿したという話も書かれていない。

なぜ芭蕉はこの話を作りあげたのか。それは『おくのほそ道』を文学にするために必要だったからである。『おくのほそ道』は明確な構成をそなえている。一見、旅の道順に淡々と沿って書きすすめられているようにみえるのは、じっさいの旅の道順をみごとに構成にとりこんでいるからである。これもまた旅の実録ではなく、芭蕉の創作と考えれば当然のことだろう。

『おくのほそ道』の全体を日本地図に重ねてみると、まず行きの太平洋側と帰りの日本海側の二つに分かれる。このうち前半は江戸深川からみちのくの平泉まで。後半は奥羽山中の尿前《しとまえ》の関から大垣まで。さらに前半後半がそれぞれ二つに分かれ、合計四部からできていて部ごとにテーマが設定されている。

| | 区間 | 主題 |
|---|---|---|
| 第一部 | 深川—那須野 | 長旅に備えた禊《みそぎ》 |
| 第二部 | 白河の関—平泉 | みちのくの歌枕めぐり |
| 第三部 | 尿前の関—越後路 | 宇宙の旅 |

第四部　市振の関―大垣　浮き世帰り

簡単に説明すれば、第一部（深川―那須野）はこれから向かう長旅への禊である。日光、裏見《うらみ》の滝、雲巌寺《うんがんじ》などの寺社に次々に詣でる。

第二部（白河の関―平泉）は、旅の当初の目的であったみちのくの歌枕めぐりである。ここで時間の流れによって破壊され、あるいは時間の流れに耐えている数々の歌枕を目の当たりにし、時間の猛威とこの世の無常に打ちひしがれる。

第三部（尿前の関―越後路）ではこの世の無常の姿を垣間見た芭蕉が宇宙と出会う重要な部分である。立石寺《りっしゃくじ》（山寺）で気づく宇宙の静寂、月山《がっさん》で仰ぐ月、日本海に沈む太陽、佐渡に横たわる天の川。ここで芭蕉は不易流行、太陽や月や星がめぐるようにすべては変化（流行）するが、何も変わらない（不易）という宇宙観に到達する。

第四部（市振の関―大垣）は宇宙めぐりを果たした芭蕉がふたたび人間界へ帰ってくる、いわば浮き世帰りの部分である。ここでは曾良との別れをはじめ、人の世の宿命であるさまざまな別れが描かれる。すでに不易流行という宇宙観を得ていた芭蕉はここで、それを人間界に重ねて「かるみ」という人生観にたどりつく。

「かるみ」とは人間界がいかに別れに満ちていようと、人生がいかに悲惨であろうと、一喜一憂するのではなく、宇宙のような大きな目で眺めたいという考え方である。この「かるみ」という人生観がやがて芭蕉の文学に影響を及ぼし、結果的に芭蕉を苦しめることになるのだが、それはまだ先の話である。

芭蕉はなぜ市振の遊女の話を作りあげたのかという問題に戻れば、『おくのほそ道』の最終部、別れをテーマにした浮き世帰りの幕開けとして女との印象的な別れの話が欲しかったからである。人の世のさまざまな別れの中でも男女の別れは親子の別れとともに悲しみの最たるものにほかならない。

市振のくだりの冒頭「今日は親しらず・子しらず・犬もどり・駒返しなど云北国一の難所を越てつかれ侍れば」とあって「親しらず・子しらず」という親子の別れを暗示する地名が潜ませてあるのは単にそこを通ったからというだけのことではなく、芭蕉によって選ばれてそこに書きこまれたのである。

ただ日光・黒髪山のくだりでみたとおり、曾良も、もちろん芭蕉も僧侶の風体であるから、ふつうの男女の別れなど生臭い。しかし遊女に同行を懇願され、それを無情にも断るという筋ならうまく収まる。芭蕉はそう考えたにちがいない。

さて先立つ曾良への餞別として巻いた「山中三吟」の表六句のあと、初折の裏にいきなり次の展開がある。

霰《あられ》降《ふる》左の山は菅の寺　　北枝（冬）

遊女四五人田舎わたらひ　　　　　曾良（雑・恋）

落書に恋しき君が名も有りて　　　翁（雑・恋）

北枝の初句。山中温泉に近い那谷寺《なたでら》あたりを面影にしたのだろうか。初案は「松ふかき」だったのを芭蕉が「霰降」と直した。直前（表六句目、七六ページ）の「柴かり」の柴に霰の降る音を響かせるためである。

一句跳んで芭蕉の三句目。はじめ「こしはりに」だったのをこう直した。遊女たちが泊まった宿の部屋でのこと、襖か壁の腰貼りの落書きに恋しい人と同じ名を見つけた。

戻って曾良の二句目。渡世のため田舎めぐりをする遊女たちを描く。まさに市振のくだりに「白浪のよする汀に身をはふらかし、あまのこの世をあさましう下りて、定めなき契、日々の業因いかにつたなし」と書かれているとおりである。

芭蕉が遊女の話を思いついたのは、この曾良の句からかもしれない。曾良の初案は「役者四五人」だったのを芭蕉は「遊女」と直した。もちろん恋の句にするためである。

# 第三章

# 面影の時代

1

芭蕉の風雅、すなわち芭蕉の文学の世界とはどのようなものだったのか。それは何によって培われたのか。

イギリスはシェークスピア（一五六四―一六一六）の国といわれる。シェークスピアの戯曲や詩にこそイギリスとイギリス人の美徳や悪徳がいちばんよく表われているという意味である。それにならえば、日本は芭蕉（一六四四―九四）の国というしかないのではないか。同じく芭蕉の俳句や『おくのほそ道』にこそ日本と日本人の美質も欠陥もよく表われているからである。つまりユーラシア大陸の西と東の端にある二つの島国が、どちらも十六、七世紀の文学者によって象徴されるということになる。

十三世紀初め（一二〇六）、チンギス・カン（テムジン、一一六二―一二二七）が打ち立てたモンゴルはまたたく間に周辺諸国を征服して強大な国に成長した。チンギス・カンの死後もモンゴルは後継者たちによって膨張をつづけ、同じ世紀の後半にはユーラシア大陸の東は中国、朝鮮半島から西は東ヨーロッパ、トルコまでおおう人類史上最大の帝国が出現する。

十四世紀に入るとモンゴル帝国はゆるやかに解体してゆくのだが、ユーラシアの大半を支配する巨大帝国の出現と解体は帝国内の地域だけでなく周辺の国々に長期にわたって大きな波紋を及ぼしてゆくことになる。

モンゴル帝国の出現以前、ユーラシア大陸には中央アジアから北アフリカ、イベリア半島に及ぶアッバース朝のイスラム帝国（七五〇―一二五八）が存在した。チグリス川のほとりの首都バグダード（ハールーン・アッラシードの都！）は唐の長安と並ぶ世界最大の都市であり、シルクロード交易の中心地として、また古代ギリシア、ローマ文化を受け継ぐイスラム文化の拠点として繁栄していた。ところが、この平安の大都バグダードは一二五八年、十万人を超えるモンゴル軍によって攻め落とされ破壊されて、アッバース朝は滅亡する。

アッバース朝で花開いたイスラム文化はヨーロッパに受け継がれ、やがてイタリアを中心に起こるルネッサンス（古典復興）に豊かな栄養を注ぎこむことになる。そうして誕生したもののひとつにイギリスのエリザベス朝のルネッサンス演劇があり、それを代表する劇作家がウイリアム・シェークスピアだった。

東方に目を転じれば、アッバース朝が滅亡したころ、モンゴル帝国は朝鮮半島の高麗を属国にした（一二五九）。その後、五代皇帝フビライ・カン（チンギス・カンの孫、元の世祖）は国号を中国歴代の王朝風に元と改め、中国南部で抗戦をつづけていた南宋を滅ぼして中国全土を手中にする（一二七九）。

さらにフビライ・カンは朝鮮、中国での余勢を駆って東方の海を渡って日本に侵攻しようとした。これが二度の元寇、文永、弘安の役（一二七四、八一）である。鎌倉幕府は元軍の艦隊を九州の玄界灘の海岸でどうにか食い止めたものの、南宋の滅亡と二度の元寇はその後の日本に甚大な影響を与えた。三つにまとめておきたい。

第一に元寇を二度にわたって撃退したことは、日本は神（竜神）に護《まも》られる神の国であるという神国思想を日本人の間に芽生えさせた。戦力ではモンゴル軍は鎌倉幕府軍を圧倒していたが、たまたま暴風雨（神風）が吹き荒れてモンゴル艦隊は二度とも撤退した。幕府軍はモンゴル軍を実力で阻止できたのではなく、いわば偶然に転がりこんだ勝利だったにもかかわらず、これがかえって神国思想を生みだすもとになる。

実力で勝ち取った勝利であれば神風など持ち出す必要はない。実力では勝てない相手に勝ったからこそ、それは神に護られているからだとなる。これはのちに日本は神国だからいかなる外国にも、実力では勝てるはずのない相手にも勝てるという勘違いの自信にたちまち転換される危うさをはらんでいた。

神国思想もはじめのうちは、日本は神に護られている国であるという素朴なものだったが、やがてほかの国々（中国、朝鮮）よりも優れた国であるという優越思想に変わり、三百年後には豊臣秀吉の朝鮮出兵（文禄、慶長の役、一五九二―九八）を支える思想的な根拠となる。

この優越思想は江戸時代の鎖国という閉鎖社会の中で平田篤胤《あつたね》（一七七六―一八四三）によって国学として体系化され、幕末には吉田松陰（一八三〇―五九）の尊皇攘夷思想に姿を変えて明治維新をもたらす原動力となった。江戸時代の思想の幅全体からみれば、国学さらに尊皇攘夷はもっとも右翼的な思想であり、これがもたらした明治維新は右翼革命であったといわなければならない。

近代以降はさらに先鋭化して昭和戦争（一九三七―四五）の思想的な背景になった。昭和戦争とは、たとえ軍事力で劣ろうとも神国である日本が連合国のアメリカやイギリスに負けるはずがない、精神力（いわば神への祈り）で勝てるにちがいないという愚かな過信のもとに戦われた愚かな戦争だった。

歴史を振り返ると、このように神国思想は日本が国際的な危機に陥るたびに鎌首をもたげ、日本人の判断を誤らせる。いわば洞窟の竜ならぬ蛇であり、その洞窟をさかのぼると八百年前の二度の元寇にゆきつく。

## 2

南宋の滅亡と元寇が日本に与えた第二の影響は、元寇に総力で立ち向かった鎌倉幕府の基盤を揺るがし、その滅亡（一三三三）を早め、日本に長い内乱の時代をもたらしたことである。

鎌倉幕府の滅亡後、政権は室町幕府に引き継がれたものの、すぐに南北朝の動乱が六十年間もつづき、それが収まると応仁の乱（一四六七―七七）を発端にして百三十年にも及ぶ内乱の時代がはじまる。日本の中世とはまさに内乱に次ぐ内乱の時代であり、その端緒となったのも二度の元寇だった。

応仁の乱以降の内乱は日本の歴史を二分する大事件だった。この内乱時代を境にして日本は政治のやり方も経済や社会の仕組みも人々の考え方もまるで別の国が出現したかのような激変をとげるのだが、この本にかかわりのある文化についてみておきたい。

王朝、中世を通じて蓄積されてきた日本の古典文化は百三十年に及ぶ内乱によって壊滅的な打撃を受けた。神社仏閣は焼かれ、絵画や彫刻は破壊され、書籍は散逸してしまった。文化の担い手たち、芸術家や文学者たちは都を逃れて地方の都市に身を寄せたが、地方の都市もまた戦火で焼かれた。

この内乱の時代が終わったとき、まっさきに起こったのは戦火によって失われた王朝、中世の古典文化を復活させようとする動きだった。

古典復興（ルネッサンス）の気運は天下統一を成し遂げて長い内乱に終止符を打った豊臣政権の末期にすでにはじまっている。京都の南東、山科盆地の醍醐寺は平安時代初期に創建された大寺院だったが、応仁の乱で全焼し、廃墟となっていた。太閤秀吉はここに吉野山から運ばせた山桜を植えさせ、盛大な花見の宴を開いた。「醍醐の花見」と呼ばれる秀吉最晩年の一大行事だった。これをきっかけにして醍醐寺の大伽藍は豊臣家の力で再建されることになる。

吉野山といえば、王朝時代に誕生した桜の歌枕である。「醍醐の花見」はこの王朝の歌枕を都の近くに再現し、それとともに戦火で滅びた王朝の大寺院を再建するという意味をもっていた。

失われた古典文化の復興が本格的になるのは江戸時代に入ってからである。第二章（六三ページ）では芭蕉が『おくのほそ道』の旅でたどった当時の伊達藩のようすをみてきたが、伊達藩にかぎらず、それは全国的な気運でもあった。俵屋宗達《たわらやそうたつ》（？—一六四三）が『源氏物語』や『伊勢物語』を題材にして描いた王朝風の絵画は象徴的な遺産である。

文学の世界でも同じことが起こっていた。北村季《き》吟《ぎん》（一六二五—一七〇五）はのちに幕府の歌学方となって徳川将軍家の人々に和歌や文学を教えた大古典学者だが、季吟が残した第一の業績は『土佐日記抄』『伊勢物語拾穂抄』『源氏物語湖月抄』などの古典文学の詳細かつ膨大な注釈書だろう。

芭蕉（一六四四—九四）は青年時代、この偉大な古典学者の俳諧の門弟だった。芭蕉は同時代のほかの人々と同じように江戸初期の古典復興の気風の中にいたというだけでなく、季吟という大古典学者の薫陶を受けて育ったということである。それはとりも直さず芭蕉が古典文学に親しみ、必要なときに必要な古典を的確に引用できる、つまり自由自在に古典を使いこなすことができたということでもある。この古典の素養こそが芭蕉の風雅の土壌だった。

## 3

芭蕉が歌仙で用いた面影（俤）という手法がある。「この子には亡き母の面影がある」というときの面影である。この面影が成り立つにはいくつかの条件が要る。

まず面影のもとになるもの（たとえば母）と面影を宿しているもの（たとえば子）がどこかしら似ていることである。この子には亡き母の面影があるというからには、その母と子がどこか似ていなければならない。

次にその二つ、面影のもとになるものと面影を宿しているものはそっくりそのままではない。似通ってはいても、どこか違うところ、ずれたところがなければならない。それでこそ面影なのであり、瓜ふたつであれば面影という必要はない。

その次に大事なことは面影のもとになったものが失われていること。母が亡くなるか行方知れずになっていて、すでに失われているからこそ、その子に母の面影があるというのだ。母が現にそこにいれば、子に母の面影があるとはいわない。単に似ているにすぎない。

最後に面影のもとになるものは「よきもの」でなければならない。面影を認める第三者にとってよきもの、懐かしいと感じられるものでなければならない。すでにこの世を去ってしまっているが、もう一度会いたいと思うからこそ面影が見えるのである。逆に「あしきもの」、思い出したくもないものには面影は成立しようがないだろう。

面影が成り立つにはこのようにいくつかの条件が必要だが、これを歌仙で縦横に活用したのが芭蕉だった。すでに第一章で「鳶の羽の巻」に触れたが（三五、三九ページ）、ここでは別の例をみておこう。

蕉門の俳諧選集『猿蓑』の第二歌仙「市中の巻」（巻末参照）は凡兆の発句ではじまる。

市中は物のにほひや夏の月　凡兆

この歌仙が巻かれたのは元禄三年（一六九〇）夏。『猿蓑』の四つの歌仙のうち最初に巻かれた一巻である。連衆は芭蕉と京の二人の弟子、去来と凡兆。芭蕉は前年秋に『おくのほそ道』の旅を終えて近江に滞在していたが、このとき、京の凡兆宅を訪れて「市中の巻」を巻いた。あるいはその席で『猿蓑』編集の話が持ち上がったのかもしれない。

この場の主人である凡兆の発句は、遠路はるばる訪ねてきてくれた芭蕉を客として迎える句である。さまざまなものの匂いの立ちこめる京の市中のむさ苦しいわが家をよくぞ訪ねてくださいました。さながら夜空を涼しげに照らすあの夏の月をわが家にお迎えしたかのようです。

この「市中の巻」の後半、名残の折に次の付け合いがある。

草庵に暫《しばら》く居ては打《うち》やぶり　芭蕉（雑）
いのち嬉しき撰《せん》集《じふ》のさた　去来（雑）
さまぐ〵に品《しな》かはりたる恋をして　凡兆（雑・恋）
浮世の果《はて》は皆小町なり　芭蕉（雑・恋）

矢継ぎ早に出されたかのような速度感ある付け合いだが、この四句ともそれぞれある人物を面影にし、次の句でその面影を即座に別の人物の面影に入れ替えるという方法で展開してゆく。

草庵に暫く居ては打やぶり　　芭蕉

方丈の庵に住んだ鴨長明《かものちょうめい》でもいいし、各地に庵を結んだ西行でも能因《のういん》でもいい。浮世を捨てて草庵に暮らしているのに、その草庵さえ飽いてしまえば捨て去って次の新しい草庵を結ぶ。そんな世捨て人の暮らしぶりを描く。「打やぶり」とは世捨て人の心がさらに自在になって、その結果、草庵の内側から爆発するように破るのである。

芭蕉は十年前（一六八〇、延宝八）、江戸の中心の日本橋から隅田川の向こう深川の芭蕉庵へ引き移った。さらに前年（一六八九、元禄二）には芭蕉庵を人に譲って、みちのくへ旅立った。そしていまは近江の幻住庵《げんじゅうあん》という草庵に身を寄せている。そうした芭蕉自身の境遇も反映しているだろう。

いのち嬉しき撰集のさた　　去来

芭蕉の句に対して去来の句は、世を捨てながら歌への妄執は捨てきれない、いや世を捨てたからこそ歌に執念を燃やす歌人の姿である。都から届いた勅撰和歌集入集の吉報に「命うれしき」、心底喜んでいる。

この句、初案は「和歌の奥儀はしらず……」だった。前句の面影を西行と見定めて、西行が鎌倉で源頼朝に謁見したさい、和歌の奥儀を問われ、「知らず」と答えたという故事をそのまま句にした。それを芭蕉は「命うれしき撰集のさた」と直した。その理由は、

前を西行、能因の境界《きやうがい》と見たるはよし。されど、直に西行と付けんは手づゝならん。ただ面影にて付くべしと直し給ひ、いかさま西行、能因の面影ならんとなり。

(『去来抄』)

前の句を西行や能因のことと見たところは立派である。しかしじかに西行と付けたのでは下手(手づゝ)だろう。ただ面影にして付けなさいといってこう直された。こうすればいかにも西行の面影にも能因の面影にもなるというのだ。

芭蕉の言葉から推測すると、去来の初案はもろに「和歌の奥儀はしらず西行」となっていたかもしれない。そうでなくても「和歌の奥儀はしらず」とあれば西行以外にないのだから、これではあからさますぎるというのが芭蕉の考えだろう。

あからさまな付けがなぜいけないか。まず「それも知っている」「これも承知」というだけの

知識の自慢で終わってしまうからである。知識の披歴は文学からは縁遠い。また歌仙がそれ（ここでは西行）に縛られて窮屈になるからである。

ただ芭蕉が直した「命うれしき」も西行の歌の言葉である。

年たけて又こゆべしと思ひきや命なりけりさやの中山　　西行

この歌には詞書がある。「あづまの方へ、相知りたる人のもとへまかりけるに、さやの中山見しことの、昔になりたりける、思ひ出でられて」とある。東国の友人のもとへ行ったとき、昔に駿河の佐夜の中山を通ったのを思い出して、というのだ。そこでこの歌は歳月をへて、ふたたびここ佐夜の中山を越えるとは思いもしなかった。まさに命のおかげだなあというのである。命のありがたさ、不思議さにしみじみと感じ入っている歌である。

芭蕉が直した去来の「命うれしき」という付けにしても西行の歌の引用なのであるから、読む人が読めばこれは西行とわかる。しかし西行の名を出さず、その面影にし、さらに歌の「命うれしき佐夜の中山」ではなく「命うれしき撰集のさた」とずらすことによって西行との間に余裕、いわば「間」が生まれる。この「間」が次の詠み手の想像力を自由にする。

さま〳〵に品かはりたる恋をして　　凡兆

思えば、いろんな恋をしたものだという老人の述懐である。凡兆は前句の勅撰和歌集入集の知らせをいたく喜ぶ人の姿に、恋多かりし老歌人を思い浮かべた。この条件にかなう人であれば誰でもいいのだが、一人をあげるとすればそれは在原業平だろう。つまりこの句は業平らしい人物の面影である。

勅撰和歌集の恋歌の部は『古今和歌集』以来、逢はぬ恋、逢ふ恋、待つ恋、隔つる恋、忍ぶ恋というふうに恋の進行過程に沿って歌が並んである。凡兆の句はこれを受けて「品かはりたる恋」というのだが、老業平の面影とすれば『伊勢物語』に描かれているように年齢や身分、さまざまな女とさまざまな恋をしたという回想にも聞こえる。

浮世の果は皆小町なり　　芭蕉

次の芭蕉の句は凡兆の句の在原業平の面影を小野小町の面影に変容させる。男を女に変える。小野小町は絶世の美女とたたえられ、業平に劣らずさまざまな恋に浮き身をやつした女性。ところが挙句の果ては無惨にも老いさらばえてさすらったという伝説がある。芭蕉の句は罪作りにも恋に身を焦がした人はみな小町のように老残の身を晒すしかないというのだ。もっと広く浮き世に生きる人はみな最後は小町のように成り果てるしかないと解してもいい。

芭蕉はここで小町という名前を出している。二句前で去来に西行をじかに出すことを戒めたことと矛盾しないか。しかしながら、この句が詠んでいるのは浮き世の人の方であり、それはみな小町のようなものといっている。つまりこの小町も小町の老残の面影なのである。

このとおり歌仙「市中の巻」のこの一連は面影という手法によって運ばれている。あらためて眺めれば、どれも初めに書いた条件にかなっていることがわかるだろう。芭蕉にとって西行も能因も業平も小町も、みなすでにこの世から失われてしまった古きよき懐かしい人々だった。

4

「市中の巻」のこれより前、初折の裏には次の付け合いがある。ここも面影を使って展開してゆく局面である。

道《だう》心《しん》のおこりは花のつぼむ時　去来（春・花）
　能登《のと》の七《なな》尾《を》の冬は住《すみ》うき　凡兆（冬）
魚の骨しはぶる迄の老を見て　芭蕉（雑）
　待《まち》人《びと》入《いれ》し小《こ》御《み》門《かど》の鎰《かぎ》　去来（雑・恋）
立かゝり屏風を倒《こか》す女子《をなご》共《ども》　凡兆（雑・恋）

まず去来の句、

道心のおこりは花のつぼむ時　　去来

仏道に志したのは桜の蕾《つぼみ》のころだった。と同時に乙女のころ（花のつぼむ時）であったとこの人物の人生を振り返る。ここに暗示されているのはすでに年老いた尼僧である。

能登の七尾の冬は住うき　　凡兆

去来の句を受けて凡兆が出したのは、松島上人《まつしましようにん》というある老僧の面影である。平安時代末の人だが、松島の雄島《おじま》に草庵を結んで十二年間に法華経六万部を誦し、鳥羽院のおほめにあずかったという。『おくのほそ道』松島の瑞巌寺のくだりに、

十一日、瑞岩寺に詣《まうづ》。当寺三十二世の昔、真壁《まかべ》の平四郎《へいしらう》、出家して入唐《につたう》、帰朝の後開山す。其後に雲居禅師《うんごぜんじ》の徳化《とくげ》に依《より》て、七堂甍《しちだういらか》改りて、金壁荘厳《こんぺきしやうごん》光を輝《かかやかし》、仏土成就の大伽藍《だいがらん》とはなれりける。彼見仏聖《かのけんぶつひじり》の寺はいづくにやとしたはる。

ここに出てくる「見仏聖」こそ松島上人その人である。

松島上人にはある話が伝わっている。西行が北陸の能登で松島上人に出会い、そのあとを慕って松島の草庵を訪ね、ふた月ほど滞在したという。凡兆の句はこの話をもとにしている。

歌仙「市中の巻」が巻かれたのは『おくのほそ道』の旅の翌年夏だが、旅の途上、芭蕉は松島を訪ね、北陸を通っている。一年前の記憶から松島上人に思いが及んだ。凡兆の句は芭蕉の示唆によるのかもしれない。凡兆を借りて芭蕉が詠んだ句のようにもみえる。

去来の句の尼僧を凡兆は僧に変えているわけだが、これに伴って「花のつぼむ時」の乙女は少年（稚児）に変わる。妖しい変幻である。

魚の骨しはぶる迄の老を見て　芭蕉

芭蕉の句は前句の老僧の描写。すっかり歯が抜け落ち、魚の骨をざぶざぶとすする（しはぶる）老人である。

待人入し小御門の鎰　去来

芭蕉の句の老人から去来が連想したのは『源氏物語』のある場面だった。光源氏がさる宮様の忘れ形見である末摘花《すえつむはな》に通う話がある。ある雪の朝、末摘花と一夜を過ごした源氏が屋敷を出るとき、門番の老人が門を開けようとする。

御車出づべき門はまだ明けざりければ、鍵の預り尋ね出でたれば、翁のいといみじきぞ出て来たる。

（『源氏物語』末摘花）

去来が芭蕉の句から思い及んだのはこの「翁のいといみじき」、よぼよぼに年老いた門番だった。

ここでも注目すべきは去来の句は『源氏物語』の老人をそっくりそのまま引き写しているのではないという点である。物語では光源氏が屋敷から出るとき、この老人が門を開けてくれる。これに対して去来の句では老人は門を開けて女主が待ちわびていた男を中へ招き入れる。物語と去来の句では出入りが逆になっているのだ。

もしこの句が物語の写しであれば、それはこの話を知っているという知識の披歴にすぎず、あまりにも下手（手づゝ）ということになるだろう。退出を到来に変え、ずらしてあるからこそ面影になる。

立かゝり屏風を倒す女子共　凡兆

凡兆の句は女主を訪ねてきた恋人をものかげから覗きながら声を殺してあれこれうわさしあう侍女たちが、何と屏風を押し倒してしまったという笑いの落ちの句である。『源氏物語』とはかぎらず、古典文学にはしばしば描かれる情景の面影である。

先に引いた『去来抄』のつづきには次の一節がある。

（面影は）人を定めていふのみにもあらず。譬《たと》へば、

発心《ほっしん》のはじめにこゆる鈴鹿山《すずかやま》
内蔵頭《くらのかみ》かと呼ぶ人は誰《た》そ

先師曰く「いかさま誰そが面影ならん」となり。

面影にするのは西行や業平のような特定の人だけではない。この付け合いのように誰か特定の人物を面影にしたのではないが、これを読んだ人は「これはきっとあの面影にちがいない」と思うだろう。

光源氏や西行のような特定の誰かを面影にするのではなく、誰というわけでない面影の句から誰かが浮かびあがるというのである。

芭蕉が自家薬籠中の技として歌仙に活用した面影という手法は、じつは言葉の技術にとどまらない。

「市中の巻」に面影として現われる西行も能因も業平も小町もみな長い戦乱によって滅んだ王朝、中世の人々である。戦乱ののちに訪れた太平の江戸時代（とくに初期の一六〇〇年代）はこの歌人たちが生きた王朝、中世の文化を復興しようとしたルネッサンス（古典復興）の時代だった。

いいかえれば江戸時代という時代全体が失われた王朝、中世の面影を探っていたのである。日本の歴史は応仁の乱から百三十年つづいた戦乱を折り目にして一枚の紙を折るように二つに折れ曲る。江戸時代はこの折り目を境にして向う側の王朝、中世の時代を、鏡に見入るように懐かしげに覗きこんでいる、いわば面影の時代なのだ。

俵屋宗達の絵にはすでに触れたが（八九ページ）、この時代、演劇の花形だった人形浄瑠璃や歌舞伎の『菅原伝授手習鑑』も『義経千本桜』も、題材となっている菅原道真（八四五―九〇三）や源義経（一一五九―八九）は王朝、中世の人物である。それなのに芝居の登場人物はみな江戸時代の装束をまとい、当代風の髷を結っているのはなぜか。道真や義経の面影を江戸時代の風俗の中に写しとろうとしているのである。

『仮名手本忠臣蔵』になるとさらに手がこんでいる。同時代の赤穂浪士討ち入り事件（一七〇二、元禄十五）を題材にしながらも、室町初期の『太平記』の時代に移し、しかし登場人物は塩冶判官《えんやはんがん》も大星由良之助もお軽も勘平もみな江戸時代のいでたちである。幕府がかかわった事件を劇にすることが憚られたからともいわれるが、それは表面上のいいわけにすぎないだろう。深層にあるほんとうの理由は時代がそうすることを望んだからである。観衆はたとえ同時代の事件であっても失われた中世の事件として観ることに歓喜した。

芭蕉はまさにこの時代の人である。歌仙で活用した面影は言葉の技法であったばかりでなく、失われた王朝、中世を懐かしむ時代の精神の反映であったはずである。逆に「市中の巻」の西行も能因も業平も小町も王朝、中世という時代の面影の片鱗にほかならないだろう。『おくのほそ道』にも同じことがいえる。この旅の当初の目的は松島をはじめとするみちのくの歌枕を見ることだった。その冒頭に、

春立てる霞の空に、白川の関こえんと、そゞろ神の物につきて心をくるはせ、道祖神《だうそじん》のまねきにあひて取《とる》もの手につかず、もゝ引の破《やぶれ》をつゞり、笠《かさ》の緒《を》付《つけ》かえて、三里に灸《きう》すゆるより、松島の月先《まづ》心にかゝりて、住《すめ》る方は人に譲り、杉風《さんぷう》が別墅《べつしよ》に移るに、

とあるとおりである。

歌枕とは失われた王朝、中世の時代に和歌に詠まれることによってできた名所である。王朝、中世の偉大な遺産にほかならない。『おくのほそ道』はこの歌枕を訪ねるために計画された旅だった。ここでも芭蕉は失われた王朝、中世を懐かしみ、その面影を探ろうとしていたのである。面影の時代である江戸時代の精神をみごとに体現した文学であるといわなければならないだろう。『おくのほそ道』の文章もまたそうである。松島から平泉へ向かう途中、石の巻のくだり。

十二日、平和泉《ひらいづみ》と心ざし、あねはの松・緒だえの橋など聞伝《ききつたへ》て、人跡稀《じんせきまれ》に、雉兎蒭蕘《ちとすうぜう》の往《ゆき》かふ道そこともわかず、終に路ふみたがえて石の巻といふ湊《みなと》に出《いづ》。「こがね花咲」とよみて奉《たてまつり》たる金花山《きんくわざん》、海上《かいしやう》に見わたし、数百《すひやく》の廻船入江につどひ、人家地をあらそひて、竈《かまど》の煙立《けぶりたち》つゞけたり。思ひがけず斯《かか》る所にも来《きた》れる哉《かな》と、宿からんとすれど、更《さら》に宿かす人なし。漸《やうやう》まどしき小家《こいへ》に一夜をあかして、明《あく》れば又しらぬ道まよひ行。袖のわたり・尾ぶちの牧・まのゝ萱はらなどよそめにみて、遥なる堤を行。心細き長沼にそふて、戸伊广《といま》と云所に一宿して、平泉に到る。其間、廿余《にじふ》里ほど、おぼゆ。

平泉をめざしながら山道に迷って石の巻に出てしまったといっているが、芭蕉と曾良は石の巻を訪ねるつもりだった。それなのに迷ったふりをしているのはなぜか。「終に路ふみたがえて石の巻といふ湊に出」とあり「思ひがけず斯る所にも来れる哉」とある。さらに「明れば又しらぬ道まよひ行」とあるのはなぜか。

芭蕉は東国の果てのみちのくに来たからには迷わなければならないと考えた。なぜなら王朝の昔、在原業平は道に迷いつつ東国へ下っていったと『伊勢物語』にあるからである。その東下り（九段）の一節。

むかし、男ありけり。その男、身をえうなきものに思ひなして、京にはあらじ、あづまの方にすむべき国もとめにとてゆきけり。もとより友とする人、ひとりふたりしていきけり。道しれる人もなくて、まどひいきけり。

とあって、三河の国の八橋《やつはし》でかきつばたの花を見て歌を詠む。

から衣きつつなれにしつましあればはるばるきぬるたびをしぞ思ふ

次に「ゆきゆきて駿河の国にいたりぬ」とあって、さらに、

なほゆきゆきて、武蔵《むさし》の国と下《しも》つ総《ふさ》の国とのなかにいと大きなる河あり。それをすみだ河といふ。その河のほとりにむれゐて、思ひやれば、かぎりなく遠くも来にけるかな、とわびあへる

に……

とつづく。

ここで業平は「道しれる人もなくて、まどひいきけり」とあるとおり迷いながら東国へ下ったことになっていて、三河をとおり、「ゆきゆきて」駿河をすぎ、「なほゆきゆきて」武蔵の隅田川のほとりにたどりつく。その途中「はるばるきぬるたびをしぞ思ふ」「かぎりなく遠くも来にけるかな」と旅の心細さを嘆く。

『おくのほそ道』の石の巻のくだりは業平の東下りを面影にしているのである。「思ひがけず斯る所にも来れる哉」という芭蕉の嘆息は業平の「かぎりなく遠くも来にけるかな」という嘆きの面影にほかならない。

このように芭蕉は王朝、中世の面影の時代を生きていた。その王朝、中世の文化こそが芭蕉の風雅の世界を形作っていたものだった。

では失われた王朝、中世の文化とはどのような文化だったのか。それは南宋の滅亡が日本に及ぼした第三の影響と密接にかかわってくる。この話は章をあらためて進めたい。

# 第四章

# 問答の系譜

芭蕉の風雅の世界の背景だった王朝、中世の文化とはどのような文化だったのか。それは中国文化の影響を抜きにしては考えられない。

日本の文化はこれまで大きく分けて五回、外国文化の影響を受け、そのたびに大きな変貌をとげてきた。

1

江戸時代までは圧倒的な中国文化の影響下にあった。まず古墳時代から飛鳥時代にかけて漢字、儒学、仏教、暦（太陰太陽暦）など日本文化の骨格を形作る中国の文化が朝鮮半島を経由して次々に伝わった。これが第一期である。

第一期につづいて日本に影響を与えたのは大帝国、唐（六一八―九〇七）の文化である。日本の朝廷は中国の文化を直接取り入れるため、飛鳥時代から平安時代初期まで遣隋使、隋が滅んで唐が興ると遣唐使を派遣した。菅原道真の進言によって中止される（八九四）まで三百年間に二十回の使節団が送られた。

唐の文化とは一言でいえば、桃の花のような豊満華麗な文化である。『万葉集』（七五九）は奈良時代に編纂された最初の詩歌集であるが、これを読めば当時の貴族たちがいかに唐に憧れ、唐の文化の模倣に熱中していたかがわかる。日本の王朝文化はこの唐の文化の影響のもとに織りなされた。遣唐使の中止以降、国風文化の時代に入るが、国風とは中国文化を日本風に作り変えていったということであり。唐の文化の影響を脱したというものではない。王朝文化を代表する『古今和歌集』も『伊勢物語』も『源氏物語』も依然、唐の文化の傘下にあった。

唐のあと、日本に影響を与えたのは宋（九六〇―一一二七）と南宋（一一二七―一二七九）の文化である。宋は北方の女真族《じょしんぞく》の金に圧迫されて南遷し南宋となり、南宋はモンゴル族の元に滅ぼされる。この間、宋と南宋の文化は海を渡って日本に流入した。これが第三期にあたる。

華麗な唐の文化に対して、宋・南宋の文化は水墨画のような幽玄枯淡の文化といえるだろうか。日本では二十一世紀の今でも唐の文化こそが中国文化であると思われているところがあるが、中国が生みだした最高の文化は宋・南宋の文化である。この時代、中国の芸術は洗練を極め、思想は深遠の域に達した。仏教では禅、儒学では朱子学が時代を象徴する思想として広まった。

宋と南宋の時代は日本の平安時代後半から鎌倉時代にあたる。華麗な平安朝の文化は鎌倉時代以降、宋と南宋の文化に洗い直され、新しい中世の文化として再構成されることになる。

吉田兼好《けんこう》（一二八三？―一三五〇？）の『徒然草』は鎌倉時代末期に成立した随筆集である。王朝時代、清少納言（九六六？―一〇二五？）が書いた『枕草子』と並ぶ随筆の古典だが、兼好の精緻に研ぎ澄まされた思索的な文体は『枕草子』のみならず、王朝時代のどこにも存在しなかった文体である。

人の心すなほならねば、偽《いつはり》なきにしもあらず。されども、おのづから正直の人、などかなからん。己《おのれ》すなほならねど、人の賢《けん》を見て羨むは尋常《よのつね》なり。至りて愚かなる人は、たま〳〵賢なる人を見て、これを憎む。大きなる利を得んがために、少しきの利を受けず、偽飾りて名を立てんとすと謗《そし》る。己が心に違《たが》へるによりて、この嘲《あざけ》りをなすにて知りぬ、この人は下愚《かぐ》の性移《しやううつ》るべからず、偽りて小利《せうり》をも辞すべからず、仮にも賢を学ぶべからず。
狂人の真似とて大路《おほち》を走らば、則《すなは》ち狂人なり。悪人の真似とて人を殺さば、悪人なり。驥《き》を学ぶは驥の類ひ、舜《しゆん》を学ぶは舜の徒《ともがら》なり。偽りても賢を学ばんを賢といふべし。（八十五段）

人の心は知りがたいという徹底した不可知論に基づいて、この一節はつづられてゆく。前段では人の心は素直でないので誰にだって偽りがあると切りだしたあと、すぐ人間の三分類に入る。第一の部類は生まれつき正直な人。人の心は素直でないといっても、まれにはこんな人もいるものだ。

第二の部類は心が素直ではないが、賢者をみて羨む人。大半の人はこの部類に入る。この羨みこそが賢者をまねること、さらには賢者に学ぶことへのきっかけとなる。

ところが第三の部類として賢者を憎む愚かな人がいる。利（金や名誉）を辞退する人をみて、あれはもっと大きな利を得るために偽善を働いているのだなどとそしる。自分の歪んだ心からは賢者の心に思い及ばないからこんな中傷をするわけで、こんな人はいつまでたっても、どうしようもない愚かな性格（下愚の性）を直すことができない。偽りにでも賢者をまねて小さな利を辞退することさえできない。つまり賢者に学ぶことができない。

兼好はここから一気に大胆な結論に導く。狂人のまねといって大路を走れば狂人である。悪人のまねといって人を殺したら悪人である。同じく駄馬でも千里を走る駿馬（驥）をまねて千里を走れば駿馬の仲間である。同じくかの名君、舜をまねれば舜の仲間である。たとえ偽ってでも賢者のまねのできる人こそ賢者というのである。

ここで兼好は人の心ははかりがたい。だから行動こそすべてであるというのだ。人の心のあやしさへの洞察にもとづいた思考の展開には目をみはるものがある。

このような筋道立った文章、明晰な思考は王朝時代には決してみられなかったものである。いいかえれば宋と南宋の思想に刺激されて中世に興った新しい日本語の文章と思考だった。

鎌倉時代に浄土真宗を開いた親鸞《しんらん》（一一七三―一二六二）の思考も明晰である。弟子の唯円《ゆいえん》の聞き書き『歎異抄《たんにしょう》』から。

善人なほもて往生をとぐ、いはんや悪人をや。しかるを世のひとつねにいはく、悪人なほ往生す、いかにいはんや善人をや。（第三条）

善人でさえ極楽往生するのだから、なぜ悪人が極楽往生しないことがあろうか。それなのに世間の人は悪人でさえ往生するのだから、なぜ善人が往生しないことがあろうかという。しかしこれは逆なのだ。

ここで親鸞は一見、常識に反することをいっているようにみえる。しかしそうみえるのは、世の中には完全な善人、完全な悪人がいると思っているからである。

そんな完全な善人や悪人はどこにも存在しない。人間はすべて善人とも悪人ともつかない交りものである、という人間に対する洞察に立って親鸞は考えはじめる。人間は必ずほかの生き物（動植物）の命を奪わずには一日も生きてゆけない。いいかえるなら、いかに善人にみえようと罪深い存在だからである。

この人間観から出発すれば、親鸞がここで善人というのはじつは自分を善人と信じて疑わない人ということになる。いいかえるなら自分の悪の部分に目を閉ざしている人である。逆に悪人とは自分を悪人と気づいている人、自分の悪の部分を自覚している人ということになるだろう。

これがわかれば、親鸞の「善人なほもて往生をとぐ、いはんや悪人をや」という論理展開はもはや自明のことである。逆に「悪人なほ往生す、いかにいはんや善人をや」という世間の見解はあさはかということになる。自分の悪を見ぬふりをしている人より、自分のなかの抜きがたい悪に苦しんでいる人のほうが救済される。これは当然だろう。

生きものの命を奪わなければ片時も生きてゆけない人間の根源的な悪（罪）は人間自身の力ではどうしようもない。そこで一切を阿弥陀様に委ねる。その願いをこめて南無阿弥陀仏と念仏を唱える。念仏とは悪の自覚の証しだった。

「善人なほもて往生をとぐ、いはんや悪人をや」という親鸞の言葉は親鸞にとっては当たり前のことを語ったにすぎない。こうした親鸞の逆説的な真理の提示も王朝時代にはたえて見られなかったものだろう。ここにも宋と南宋から伝わった新しい思想の影響がある。

2

東京赤坂の三平という蕎麦屋で岡野弘彦さん、三浦雅士さんと毎月開いている「歌仙の会」では歌仙を巻いてばかりいるのではない。一人が句を案じている間、ほかの二人はおしゃべりに興じる。さてどう付けたものかとあれこれ考えをめぐらせている人の邪魔になるのではないかと心配されるかもしれないが、しんと黙りこまれたりすると、四畳半の狭い空間にのしかかる巨大な沈黙がかえって思案の邪魔になる。

丸谷才一さんが存命のうちは呵々大笑、小説家の人間観察や古今東西の文学の話に興じたのだが、評論家の三浦さんに代わってからは話題が一変、壮大な思想や批評の話が一挙に増えた。一方、歌人の岡野さんは王朝の言葉の伝統を受け継ぐ人である。二人の対話がおもしろくないはずがない。つい聞き入ってしまうものだから、私の付け句がいちばん時間がかかることになる。

中国大陸で古代からつづいてきた中華文明は宋が南遷し、南宋が滅亡すると、海を渡って日本に流れこんだ。中華文明は殷、周、秦、漢、晋、隋、唐、宋・南宋のあと、元、明、清、中華人民共和国と中国大陸でつづいたのではなく、宋・南宋のあとは日本に中心を移して鎌倉、室町、江戸と受け継がれた。南宋の滅亡後、日本が中華文明の本流本家になった。これは三浦さんの持論のようだ。

『新古今和歌集』の時代、藤原定家（一一六二―一二四一）らの新風の歌は「達磨《だるま》歌《うた》」とからかわれた。達磨（達摩）とは禅宗の開祖である菩提達磨（ボーディダルマ、？―五三〇？）である。そこで達磨歌とは禅問答のように難解でチンプンカンプンの歌という意味だろう。その片鱗は次のような歌にもうかがわれる。どれも『新古今和歌集』から。

霞立つ末の松山ほのぼのと波にはなるる横雲の空　藤原家隆《いえたか》

春の夜の夢の浮橋とだえして峰に別るる横雲の空　藤原定家

大空は梅のにほひにかすみつつ曇りもはてぬ春の夜の月

第一首。定家と並んで『新古今和歌集』を代表する藤原家隆（一一五八―一二三七）の歌。海辺のあの松山（末の松山）を波が越えないかぎり決してあなたを離しはしないと誓いあった恋人たちも、夜が明ければ添い寝の床を離れるように、やがて男が女のもとを去ってゆくように、あの松山には春霞が立ち、その霞の中から眺めるとたなびく雲が海原の波を離れようとしている。

末の松山といえば永遠の愛の誓いを意味するみちのくの歌枕である。しかし、もともとは海辺の松の山という意味の普通名詞だったはずである。それが王朝時代、あの松山を波が越えるようなことがないかぎり二人は互いに愛しあうという愛の歌に何度も詠まれるうちに、末の松山はみちのくのあの山であると特定されていった。歌は現実を詠むのではなく、現実が歌をまねる。末の松山にかぎらず、こうして生まれたのが数々の歌枕である。

家隆の歌は永遠の愛の誓いの歌枕である末の松山を「霞立つ」風景の中に描きだす。王朝の歌を詠みなれていた当時の人々にとっては、ここがまず意表をついていただろう。さらに王朝の和歌のやり方なら末の松山とくれば、あとには決してあなたを離さないなどという愛の誓いの言葉がくるはずなのに、予想を断ち切って「ほのぼのと波にはなるる横雲の空」という風景の描写がつづく。

しかしながら、その風景描写は末の松山という愛の歌枕によって酸化され腐蝕されるように恋人たちのある場面を浮かびあがらせる。それは末の松山から予測される永遠の愛ではなく、それとは裏腹の愛の終末にほかならない。つまり家隆の歌は末の松山の霞の奥に愛の末路がほのぼのと見えるという皮肉な趣向である。

つまりこの歌は末の松山という歌枕の伝統とはまったく逆の愛のペシミズムの歌なのである。家隆はここで末の松山という歌枕のもつ連想体系を断ち切ることによって逆転に成功している。

第二首。恋人よ、あなたとは夢でしか逢えない。その夢の通い路でさえも川に浮かべた舟に板を渡してつないだ浮橋のように頼りない。春の一夜が明けて夢の浮橋がはたと切れてしまうように夢が覚めてしまえば、もはやあなたと逢う術は断たれてしまったようなもの。ほらごらんなさい。あなたと私のように朝焼けにたなびく雲が山々の峰から離れてゆくではありませんか。

第一首、家隆の歌の末の松山に代わり、ここで使われるのは『源氏物語』最終巻の題名「夢の浮橋」である。『源氏物語』は光源氏とその一族の愛の物語である。その終わりの「宇治十帖」十巻は光源氏の息子（じつは柏木の子）であり、父たちに劣らず色好みの薫と仏の道に救いを求める従妹の浮舟の永遠に結ばれない愛の物語である。最終巻の「夢の浮橋」では異なる次元に生きる二人の心がすれ違ったまま、まさに夢の浮橋が途絶えたまま物語は終わる。

定家の歌の上の句「春の夜の夢の浮橋とだえして」は『源氏物語』の結末の要約であり、この物語の匂いを濃密に漂わせながら、歌の下の句「峰に別るる横雲の空」では『源氏物語』の世界を離れて風景の描写に転じている。しかし、その風景は上の句の「夢の浮橋とだえして」という言葉の力によって、単なる風景ではなく互いに離れてゆく男と女を暗示する風景に変えられている。この定家の歌も家隆の歌と同じく愛のペシミズムの歌である。

第三首。夜空には梅の花の匂いがたちこめ、大空全体がほのぼのと霞んでいます。とはいうものの曇ってしまっているというのではなく、春の月が朧に浮かんでいます。

この歌は同じく平安前期の歌人、大江千里《おおえのちさと》（生没年不明）の歌を本歌にしている。

照りもせず曇りも果てぬ春の夜の朧月夜にしくものぞなき　大江千里

定家の歌は千里の歌にない梅の花の香りからはじまるが、「かすみつつ曇りもはてぬ」は千里の歌の「照りもせず曇りも果てぬ」を切り入れて変奏したものであることは明らかだろう。

これら三首の歌で定家らが行なっていることは王朝時代の和歌や物語のなだらかにつづく文脈を切って別の文脈とつなぐ荒療治である。いわば切り結びであり、三浦さんの言葉を借りれば「切断と再結合」（『歌仙　一滴の宇宙』跋）ということになる。ここで問題なのは切り結び、切断と再結合によって生まれた定家らの歌が当時の人々から「達磨歌」つまり禅問答のように難解な歌と揶揄されたことである。

仏教の一派である達磨宗つまり禅宗は六世紀初め、インドの僧、達磨（一一四ページ）によって中国に伝えられたが、その教えが深遠な思想体系にまで深まったのは宋そして南宋の時代である。達磨の教えは日本には早くも聖徳太子（五七四―六二二）の時代に伝わっていた。それどころか達磨自身が中国から日本に渡り、日本で没したという伝説さえ残る。しかし、本格的に禅が日本に伝わったのは宋・南宋以降、鎌倉時代から江戸時代初めにかけてである。つまり『新古今和歌集』の時代、禅はまさに中国渡来の新思想だった。

定家らの歌は新思想の禅の問答のように難解であると同時代の人々から思われていたわけだ。時代は下って五百年後の江戸時代の初め、俳諧の最先端を行っていた談林派は旧派から「おらんだ流」と揶揄された。まるでオランダ語のように意味不明というのである。定家の歌に浴びせられた「達磨歌」という非難はこのことを思い出させるが、それは単なる非難ではなかった。言葉を切り結ぶ定家の歌がじつは当時の新思想、禅の影響を受けて誕生したという鋭い洞察であり批評でもあった。

3

宋・南宋につづいて日本の文化に影響を及ぼしたのは大航海時代、海外へ進出したポルトガル、スペイン（南蛮）、次いでオランダ（紅毛）というヨーロッパの国々だった。

一五四三年（天文十二）、ポルトガル船が種子島に来航して以来、百年間にわたってこれらの国々との交易が行なわれ、鉄砲、キリスト教などの南蛮文化が伝えられた。鉄砲の伝来は内戦の最中にあった諸勢力の戦術を変え、日本の総人口が二千万人だった時代、キリシタンの数は一時六十万人にも及んだという。日本人の三十人に一人がキリシタンだったことになる。

しかし江戸時代に入ると幕府のキリシタン禁教政策にもとづいてヨーロッパ諸国との交易も徐々に制限され、一六三九年のポルトガル船来航禁止令以降、幕末まで長崎の出島でオランダとの通商が許されるだけになった。奇抜な言辞を操る談林俳諧が「おらんだ流」とからかわれたのはこの時代、十七世紀後半のことである。これが日本が外国文化の影響を受けた第四期にあたる。

第五期は幕末から現代にいたる。このうち第二次世界大戦まではイギリス、フランス、ドイツなどのヨーロッパ諸国、第二次世界大戦後はアメリカの文化の影響を受けることになったのは見てのとおりである。

こう書いてくると、日本は外国のまねばかりしてきたと思われるかもしれないが、そうではない。たしかに日本は昔からさまざまな外国の文化を受け入れてきたが、まず篩《ふるい》にかけて取捨選択し、次に使いやすいように作り変えてきた。この受容、選択、変容という文化形成のすべての過程を通じて一貫しているのは、つねに日本の蒸し暑い気候に合うように、すっきりとした形を目指すという志向である。

衣食住の生活文化であれ、美術、音楽、文学などの芸術文化であれ、日本の文化はみなこうして生まれてきた。もし日本文化に独創性があるとすれば、それは衣食住、美術、音楽、文学など個々の文化というより、この受容、選択、変容という文化創造の過程にこそあるといわなければならない。

## 4

さて芭蕉の風雅の話に戻ろう。芭蕉の風雅の世界を構成していたのはどのような文化だったのかについて考える場合、芭蕉は江戸時代初期の人であるから大航海時代までを視野に入れておけばよい。なかでも重要なのは第二期と第三期、中国唐の影響を受けて生まれた王朝時代の文化と宋・南宋の影響下に生まれた中世の文化である。

王朝時代に書かれた『伊勢物語』や『源氏物語』、さらに数々の和歌があるときは明らかな引用、あるときはほのかな面影として芭蕉の俳句や文章に宿っていることはいうまでもない。ここでは中世の文化とくに禅の影響についてみておきたい。

ここに引くのは『おくのほそ道』下野《しもつけ》（栃木県）の雲巌寺のくだりである。

当国雲岸寺《うんがんじ》のおくに、仏頂《ぶつちやう》和尚山居の跡あり。

「竪横《たてよこ》の五尺にたらぬ草の庵《いほ》
　むすぶもくやし雨なかりせば

と、松の炭して岩に書付侍り」と、いつぞや聞《きこ》え給ふ。其跡みんと、雲岸寺に杖を曳《ひけ》ば、人々すゝんで共にいざなひ、若き人おほく、道のほど打さはぎて、おぼえず彼梺《ふもと》に到る。山はおくあるけしきにて、谷道遥《はるか》に、松杉黒く、苔したゞりて、卯月《うづき》の天今猶寒し。十景尽《つく》る所、橋をわたつて山門に入《いる》。

さて、かの跡はいづくのほどにやと、後の山によぢのぼれば、石上《せきしやう》の小庵、岩窟にむすびかけたり。妙禅師《みやうぜんじ》の死関、法雲《ほふうん》法師の石室をみるがごとし。

木《きつ》啄《つき》も庵はやぶらず夏《なつ》木《こ》立《だち》

と、とりあへぬ一句を柱に残侍《のこしはべり》し。

ここに出てくる仏頂和尚（一六四二―一七一五）は臨済宗の一派である幻住派《げんじゅうは》（日本幻住派）の禅僧で芭蕉の二歳年上の同時代人である。幻住派の幻住とはこの世のどこにも住居をもたず、幻に住むことをいう。江戸深川の芭蕉庵の近くにあった臨川庵《りんせんあん》（現在の臨川寺）に滞在中、芭蕉と知りあった。芭蕉は仏頂和尚の禅的な人格とじかに接して有言無言の薫陶を受けたにちがいない。

芭蕉は仏頂和尚から仏頂が雲巌寺で修行中、山中の岩に「竪横の五尺にたらぬ草の庵……」（正確には「五尺にたらぬ草の戸を」）の歌を書きつけたという昔話を聞いていた。『おくのほそ道』の旅の途上、その修行のあとを見ようと雲巌寺に立ち寄り、裏山に登った。そこには小さな庵が岩のくぼみにへばりつくように建てられていて、それは「妙禅師の死関、法雲法師の石室」を目の当たりにしているようだったとある。

この「妙禅師の死関、法雲法師の石室」とは何か。妙禅師は南宋の禅僧、高峰原妙《こうほうげんみょう》（一二三八―九五）である。杭州にある天目山の張公洞に「死関」の扁額を掲げて十五年間、籠って亡くなった。死関とはあの世への門（関）という意味である。

次の法雲法師は高峰原妙の教えを継いだ元の時代の禅僧、中峰明本《ちゅうほうみょうほん》（一二六三―一三二三）をさしている。中峰明本は各地を行脚し、先々に幻住庵という名の庵を結んではしばらく住んだ。石室とは禅の修行の洞窟である。その墓を法雲塔というので法雲禅師と書いたのだろう。

忘れてならないのは中峰明本が仏頂和尚もその一人であった幻住派の開祖であることである。中峰明本の教えは留学僧たちによって日本に伝えられ、日本幻住派となった。一方、本家の中国では幻住派はその後、衰退したので日本幻住派こそが幻住派の本流ということになる。

その日本幻住派の流れを汲む仏頂和尚から芭蕉は禅の薫陶を受けたということになる。ここで高峰原妙―中峰明本―仏頂和尚―芭蕉という幻住派の流れが浮かびあがる。これはまさに宋・南宋の文化が中国本土ではなく辺境の島国である日本に受け継がれ、日本で新たに発展した重要な一例だろう。『おくのほそ道』の雲巌寺のくだりは中国から日本へとつづく文化の壮大な流れを背景にして書かれている。

『おくのほそ道』の旅を終えた芭蕉は琵琶湖の南、湖南の地にしばらく滞在した。そのとき芭蕉の弟子で近江膳所藩《ぜぜ》の重臣でもあった曲翠《きよくすい》(曲水、一六六〇―一七一七)から国分山の「幻住庵」を提供された。幻住老人と名のった曲翠の伯父の草庵だった。ここで芭蕉は一六九〇年(元禄三)の一夏をすごし、「幻住庵記」を書いた。それは翌年完成した『猿蓑』に収められている。

石山の奥、岩間のうしろに山有、国分山と云。(中略)日比《ひごろ》は人の詣《まうで》ざりければ、いとゞ神さび物しづかなる傍に、住捨《すみすて》し草の戸有。よもぎ・根笹軒をかこみ、屋ねもり壁落て狐狸ふしどを得たり。幻住庵といふ。あるじの僧何がしは、勇士菅沼氏曲水子之伯父になん侍りしを、今は八年計《ばかり》むかしに成て、正に幻住老人の名をのみ残せり。

文章はさらにつづき、結末に次の句が置かれている。

先《まづ》たのむ椎《しひ》の木も有《あり》夏木立

この句の夏木立は『おくのほそ道』雲巌寺のくだりの、

木啄も庵はやぶらず夏木立

と好対照をなしている。いいかえれば、「幻住庵記」は『おくのほそ道』の雲巌寺のくだりと連続していることを夏木立という言葉が暗示している。「幻住庵記」の夏木立の句を読めば、誰でも『おくのほそ道』の雲巌寺のくだりを思い起こす。少なくとも芭蕉自身は一年前の夏に訪れた雲巌寺を思い出しながら「幻住庵記」を書いたにちがいない。

「幻住庵記」を読んでわかるのは、ただ芭蕉だけが幻住という言葉、さらに幻住という禅の思想に親しんでいたのではなく、幻住という言葉も思想も当時の人々に広くゆきわたっていたということである。ここに達磨に起こり、宋・南宋で大成され、中世の日本に伝わった、というよりも日本の中世を生みだした禅の思想の滔々たる流れをみることができるだろう。

『おくのほそ道』の二年前、芭蕉は江戸を発って上方へ旅した。これが『笈の小文』の旅である。その冒頭に次の一節がある。

> 西行の和哥における、宗祇の連哥における、雪舟の絵における、利休が茶における、其貫道する物は一なり。しかも風雅におけるもの、造化にしたがひて四時を友とす。見る処花にあらずといふ事なし。おもふ所月にあらずといふ事なし。

芭蕉がみずからの風雅（文学あるいは虚の世界）について書いている部分である（四九ページ）。ここに挙がっている西行（一一一八―九〇）、宗祇（一四二一―一五〇二）、雪舟（一四二〇―一五〇六）、利休（一五二二―九一）はみな王朝時代末期から中世の人であり、その和歌、連歌、絵（水墨画）、茶はいずれも禅の影響下に誕生した文学、芸術である。芭蕉のいう「其貫道する物」、それらを貫いているものとは禅にほかならない。

それにつづけてみずからの風雅も「其貫道する物」に基づいているという。芭蕉はここで自分の文学が宋・南宋の文化、具体的には禅の思想の直系であることを宣言しているのである。

宋・南宋から流れこんだ禅の思想は芭蕉一人に影響を及ぼしただけではなかった。それは日本の詩歌そのものの方向を決定づけた。

地球上のさまざまな民族、文化を問わず、詩歌の起源は人間の叫び声である。それは歓喜の叫びであることもあれば、悲痛な嘆きであることもある。日本の詩歌はまず神々の恋の問答として登場する。『古事記』にある伊耶那岐命《いざなきのみこと》と伊耶那美命《いざなみのみこと》の結婚のくだりをみていただきたい。

約《ちぎ》り竟《おは》りて廻りし時に、伊耶那美命の先づ言はく、「あなにやし、えをとこを」といひ、後に伊耶那岐命の言ひしく、「あなにやし、えをとめを」といひき。

これを詩歌風に書き改めれば、

あなにやし、えをとこを　　伊耶那美命
あなにやし、えをとめを　　伊耶那岐命

伊耶那美がまず「なんて、いとおしい若者かしら」と問いかけたのに対して、伊耶那岐が「なんて、いとおしい乙女だろう」と答えたというのである。

同じような問答が人の世になってからも行なわれる。倭建命《やまとたけるのみこと》が東国へ遠征したとき、甲斐の国で警護の老人（御火焼《みひたき》の老人）と交わしたやりとりが『古事記』に残されている。

新治《にひばり》　筑波《つくは》を過ぎて　幾夜か寝つる　　倭建命
日々並《かがな》べて　夜には九夜《ここのよ》　日には十日を　　御火焼の老人

新治や筑波（茨城県）を過ぎて、もう幾夜寝ただろうか。倭建の歌はこれまでのはるかな旅路を思い、さらにこれからの果てない旅を思う嘆息の歌である。これに対して、倭建につき従って守ってきた御火焼の老人が「もう何日もたちましたが、九夜十日にもなりますか」と悲劇の皇子への慰めに満ちた声で応じている。

問答の歌は最初の詩歌集である『万葉集』にも数多く集められている。巻頭の雄略天皇（五世紀後半）の長歌もそうである。

籠《こ》もよ　み籠持ち　ふくしもよ　みぶくし持ち　この岡に　菜摘ます児《こ》　家告《の》らせ　名告らさね　そらみつ　大和の国は　おしなべて　我こそ居れ　しきなべて　我こそいませ　我こそば告らめ　家をも名をも

天皇が若菜を摘んでいる乙女（児）に家や名を尋ねる、つまり求愛、あるいはたわむれの歌である。
平安時代になっても問答の詩歌の流れは滔々とつづき、和歌は日常の会話、恋人たちの相聞としてやりとりされた。ここでは『伊勢物語』から一例を引いておきたい。

むかし、はかなくて絶えにける仲、なほや忘れざりけむ、女のもとより、

憂きながら人をばえしも忘れねばかつ恨みつつなほぞ恋しき

といへりければ、「さればよ」といひて、男、

あひ見ては心ひとつをかはしまの水の流れて絶えじとぞ思ふ

とはいひけれど、その夜いにけり。いにしへ、ゆくさきのことどもなどいひて、

秋の夜の千夜《ちよ》を一夜《ひとよ》になずらへて八千夜《やちよ》し寝ばやあく時のあらむ

返し、

秋の夜の千夜を一夜になせりともことば残りてとりや鳴きなむ

いにしへよりもあはれにてなむ通ひける。

いったんは別れた男と女の恋がふたたび燃えあがる、そんな熱烈な話である。その過程で四首の歌が交わされる。
女の最初の歌は、つれない人とは思うものの、やはり忘れられないので恨みながらもまだ恋し

く思っています、という未練の歌である。

これに対して男は、一度は結婚して心を交わした仲ですから、川の水が中州（かはしま）で別れてもまた合うように絶えることはありますまいよ、と技巧を駆使したご挨拶ともとれる歌を返した。

ところが、その夜、なぜか男は女のもとを訪ねて、これまでのこと、これからのことを語りあいながら、次の歌を詠んだ。秋の夜長の千夜を一夜にし、その一夜を八千夜（八百万夜、二万二千年！）毎夜寝つづけたとしてもあなたに飽きることがあるでしょうか。

それに対して女は、あなたのいうように幾夜も寝てもあなたへの愛を語り尽くさないうちに朝がきて鶏が鳴いてしまうでしょう。

こうして昔よりも愛情が深まって男は女のもとへ通いつづけたというのだ。ここで『伊勢物語』の作者は男と女の仲の不思議さについてだけでなく、男と女を結ぶ和歌の不思議な力について語っているのである。

ここからうかがわれるとおり当時、和歌には人と人を結ぶ力があると考えられていた。いいかえれば、人の真心を伝えるには日常の会話や文章では足りず、和歌でなければならないと考えられていた。こうして和歌は人々の間でさかんにやりとりされた。

問答の和歌のやりとりが日常的に行なわれていた日本に、宋さらに南宋から伝わったのが禅である。時代でいえば王朝時代の終わりから鎌倉時代にかけてのことである。

ここでは「禅」という言葉を臨済宗、曹洞宗などの宗派の枠を超えた「禅の思想」という意味で使っているのだが、禅の第一の特長は真理は言葉を超えたところにあるので、真理へ到達する道として言葉には限界があるとみるところである。その結果、言葉よりも行動（修行たとえば座禅）を重んじる。兼好法師の「悪人の真似とて人を殺さば、悪人なり」（『徒然草』八十五段、一一〇ページ）という断定もひとつの表われである。

しかしながら禅の第二の特長として言葉も真理へ到達する有効な手段になりうるとみる。言葉に対する不信と許容という相反する二つの志向を孕んだ運動体が禅なのだ。

言葉に対する不信と許容。この矛盾する二つの志向のもとで禅の言葉は短くなるしかなかった。さらにその短い言葉自体が真理へ導いてくれるのではなく、短い言葉と言葉の間の空白にこそ真理への道がぽっかりと口を開けていると考える。

そこから誕生したのが禅問答である。禅問答といえば意味不明であるとか、チンプンカンプンであることの代名詞だが、では禅問答がなぜ意味不明なのか、なぜチンプンカンプンなのかといえば問いも答えもきわめて短く、さらになぜその答えが問いの答えになるのか、わからないからだろう。しかし禅の立場からいえば、意味不明、チンプンカンプンなのはむしろ当然のことであり、まことの答えは言葉の中にではなく、問いと答えの間の谷深く眠っている。

宋の時代の『碧巌録《へきがんろく》』という禅問答集（公案集）がある。そのなかに次の一節がある。ある僧が大龍和尚に「色身は敗壊す、如何なるか是れ堅固法身《けんごほっしん》」と問う。すると和尚は「山花《さんか》開いて錦《にしき》に似たり、澗水湛《かんすいたた》えて藍《あい》の如し」と答えた（第八十二則）。

現代語に直すと、僧は「人間の生身（色身）は滅びますが、永遠に滅びない絶対的な真理（堅固法身）とはどのようなものですか」と質問した。これに対して大龍和尚は「山には花が錦のように咲いている。渓流は藍のように澄んだ水を湛えている」と答えた。僧の問いに対して大龍和尚のこの答えは答えになっていない。人によっては、からかっているようにも馬鹿にしているようにも聞こえるかもしれない。

「一たす一は？」ときかれて「二」と答えれば正しい答えである。「三」と答えれば誤った答えである。しかしどちらも人間の理知の世界での答えである。ところが「一たす一は？」ときかれて「水」と答えれば、それは人間の理知とは別の世界から届いた答えである。大龍和尚の答えはこれである。これが禅問答というものだ。

言葉に依りながら言葉を疑う。理屈によって理屈を超えようとする。この禅問答に象徴される禅の思想に触発されて、中世の日本の詩歌は王朝時代とは異なる新たな展開をはじめた。そのひとつが藤原定家らの歌のように言葉を短く刻むことであり（一一七ページ）、もうひとつが古代から連綿とづつく問答の形式をさらに進めることだった。

こうして中世に大いに流行したのが複数の人々による問答形式の連歌だった。連歌の代表的な捌き手が「宗祇の連哥における」（『笈の小文』、四九ページ）と芭蕉が書いた宗祇である。その連歌から俳諧の連歌が生まれ、そこから芭蕉が「老翁が骨髄」（『宇陀法師』、九ページ）と自負した俳諧が生まれ、その俳諧の発句が独立して俳句になるという長い経過をたどる。

このように芭蕉の俳諧（歌仙）にも発句（俳句）にも古代からつづく日本の詩歌の長い前史があり、その問答形式の詩歌が宋・南宋の禅の影響を受けて芭蕉の風雅の世界は誕生したということができるだろう。

俳諧選集『猿蓑』の第四歌仙は「梅若菜の巻」（巻末参照）である。元禄四年（一六九一）正月、江戸へ下る門弟の乙州への餞けとして近江大津の乙州の家で巻かれた。連衆は捌き手の芭蕉を含めて十六人。正月の送別の宴らしいにぎやかな歌仙である。その表六句をみておきたい。

梅若菜まりこの宿《しゆく》のとろゝ汁　　芭蕉（春）
かさあたらしき春の曙　　乙州（春）
雲雀《ひばり》なく小田《をだ》に土持《つちもつ》比《ころ》なれや　　珍碩（春）
しとぎ祝ふて下されにけり　　素男（雑）

片隅に虫歯かゝえて暮の月　乙州（秋・月）
二階の客はたゝれたるあき　芭蕉（秋）

なぜこの句にこの句が付くのか。次々に現われる句の言葉はたとえ平易でも、句と句のつながりがわからない。つまり歌仙とは見ようによっては禅問答の連続なのである。禅問答がそうであるように句と句の「間」を読み解いて味わうのが歌仙の真の楽しみということになる。

梅若菜まりこの宿のとろゝ汁　芭蕉

芭蕉の発句は梅の花も見ごろ、若菜も萌える季節だが、これから江戸へ向かうのなら東海道丸子の宿場（静岡県）の名物、とろろ汁を食べてごらんと乙州の旅の前途を祝福する。

かさあたらしき春の曙　乙州

脇は送られる乙州が詠む。新しい笠も晴れがましく、まだ暗いうちに旅立ってゆく。

雲雀なく小田に土持比なれや　珍碩

第三の珍碩はのちの洒堂《しやどう》。ここでは若き乙州の後ろ盾として第三を務めている。「小田に土持」とは田んぼの土を盛り直すこと。そろそろ雲雀もさえずり、田打ちもはじまる。旅立つにはいい季節になった。

しとぎ祝ふて下されにけり　素男

四句目。「しとぎ」（粢）は生米の粉で作ったお供えの餅。田打ち正月の祝いの「しとぎ」だろうか、庄屋から小作たちにも配られた。乙州の餞けの宴を田打ち正月の祝いと重ねる。田打ち正月とは年のはじめに稲の豊作を田の神に祈る行事。

片隅に虫歯かゝえて暮の月　乙州

五句目はふたたび乙州。そんなお祝いの中にも虫歯をこらえている不運の人がいるものだ。座を一挙になごませる笑いの句だろう。若き主役の面目一助。

二階の客はたゝれたるあき　芭蕉

六句目は芭蕉。宿の二階に逗留していた客も発ってしまった。暇になった女中の虫歯が急に疼きはじめる。二階の客とは乙州の面影である。あとに残る者たちは（虫歯の痛みほどの！）寂しい思いをするだろうというのだ。これも笑いの一句である。

このとおり旅の餞けにふさわしいめでたい言葉を使った愉快な句が並ぶが、むしろ句と句の間のなごやかな一座の空気にこそ祝意はこもっているとみるべきだろう。

この俳諧の発句が独立して俳句が誕生するのだが、俳句一句もまた問答によって成り立っている。「梅若菜の巻」の芭蕉の発句にしても、「今年も正月を迎えて梅や若菜の季節になった。君はこれから江戸へ下るが、さてどんな旅になるのか」という問いと、「ああ、それならば丸子の宿では名物のとろろ汁を食べてみたまえ」という答えでできている。

さらに、

古池や蛙飛こむ水のおと

芭蕉の古池の句は古池に蛙が飛びこんで水の音がしたという意味ではなく、蛙が水に飛びこむ音を聞いていたら心の中に古池が浮かんだという句である。この句は「蛙が水に飛びこむ音がした」という問いに対して「古池！」という答えで成り立っていると考えればいい。これを「古池に蛙が飛びこんで水の音がした」と解釈したのでは問答は成り立たなくなるだろう。

俳句にはひとつのことを詠む一物仕立て（A＝B）とふたつのことを詠む取り合わせ（A＋B）があるが、取り合わせはもちろん一物仕立ても問答で成り立っている。梅若菜の句も古池の句も取り合わせの句である。

江戸時代に大流行した川柳でも同じことがいえる。

かんざしもさか手に持テばおそろしい

江戸時代半ばに編纂された『柳多留《やなぎだる》』の一句だが、「かんざしとは」という問に対して、「さか手に持てばおそろしい」、持ち方しだいでは夫婦喧嘩の凶器になるという答えでできているわけだ。これは俳句でいえば、一物仕立てにあたるだろう。

このような俳句や川柳の一句の中にひそむ問答もさかのぼれば、まず禅の問答に行き着き、はるか古代からつづく日本の詩歌の問答性にゆきつくだろう。

宋・南宋から日本に伝わった禅の思想は芭蕉の風雅の土台となったばかりでなく、このように日本の詩歌のあり方に絶大な影響を及ぼした。さらにその後も問答形式の詩歌の流れは延々と現代の詩歌（現代詩、短歌、俳句、川柳）にまで及んでいる。この問題を探るのは別の機会に譲って芭蕉の風雅の世界に戻ることにしよう。

# 第五章

# 非情の風姿

1

芭蕉の風雅とは唐の影響を受けた王朝の文化、次に宋・南宋の影響を受けた中世の文化、このふたつの古典文化を土壌にして生まれた文学の世界だった。芭蕉はそれを風雅とも虚とも呼んだ。

しかしながら芭蕉といえども生まれながらにして風雅の世界（虚の世界）の住人だったのではなく、ほかの人と同じように実の世界の人として生まれたはずである。では芭蕉はいつ、どのようにして虚の世界の人となったのだろうか。

西行（一一一八―九〇）は俗名を佐藤義清《のりきよ》という。鳥羽上皇（一一〇三―五六）の北面の武士だった。北面の武士とはいわば上皇（院）の親衛隊である。上皇に直属し、御所の北側の仕候所にいて上皇と御所の警護にあたった。平安末期、院政をはじめた白河上皇（一〇五三―一一二九、鳥羽上皇の祖父）が創設した部署で、藤原摂関家に対抗する院の軍事的な支えとなった。

佐藤義清のちの西行について『西行物語』は次のように記している。

鳥羽院の御時、ほくめんにめしつかはれける左兵衛尉《さひやうへのぜう》藤はらののり清といふ者あり。心のたけきことは、まさかど、ほうしやうがあとをつぎて、ならぶ人なかりけり。大かた、ゆみやをとりては、やうゆうにことならず。空をかけるつばさ、くがを行ひづめ、心にまかせたり。詩歌くわんげんの道には、なりひら、紀《き》納言《たうげん》のながれをつたへて、公卿《くぎやう》殿上人の末座《ばつざ》にめされて日をくらしければ、諸道《しよだう》にちやうぜる者は朝家《てうか》のたからとぞほめける。

義清は文武両道にひときわすぐれた若者であり、朝廷の宝と称賛されていた。ところが輝かしいはずの将来も妻子も振り捨てて、ある日、忽然と出家する。一一四〇年（保延六）十月十五日、二十三歳であったという。動機について『源平盛衰記』にはこうある。

さても西行発心《ほつしん》のおこりを尋ぬれば、源は恋故とぞ承る、申すも恐れある上臈《じやうらふ》女房を思ひ懸け進《まゐ》らせたりけるを、あこぎの浦ぞと云ふ仰せを蒙りて思ひ切り、官位《つかさくらゐ》は春の夜見はてぬ夢と思ひ成し、楽栄《たのしみさかえ》は秋の夜の月西へと准《なぞら》へて、有為《うゐ》の世の契《ちぎり》を遁《のが》れつゝ、無為の道にぞ入りにける、あこぎは歌の心なり、

（巻第八　讃岐院の事）

さる貴い女性に仕える女官に恋をしたが、「あなたの立ち入れない世界です」（あこぎの浦ぞ、阿漕は伊勢神宮に供える鯛をとる浦）と断られて世をはかなんで出家したという。

一方、『西行物語』は義清は世をはかなみながらも世を捨てられずにいたところ、鳥羽上皇に仕える同僚の急死にあい、出家を決意したという話を伝える。

おなじく北面にまいりあひ、したしかりける佐藤左衛門《さとうさへもん》のりやすと、つかひのせんじを給はりて、夜のまの程に鳥羽殿よりうちつれてちぎるやう、あしたは必ずことにきらめきてまいり給へ、うちつれ侍べきよし申て、七条大宮にとゞまりければ、そのあしたまいりざまにさそひければ、門に人々おほくたちさはぎ、うちにもさまぐ\になきかなしむこゑきこえて、とのはこよひむなしくならせたまいぬ。十九になる妻女、八十ゆうよなる母、こゑもおしまずなきかなしむをきくにつけても、いよく\かきくもる心ちして、風のまゑのともし火、はすのうきはの露、夢のうちの夢とおぼえて、やがてこゝにてもとゞりをきらばやと、(以下略)

西行の出家の動機について『源平盛衰記』は失恋をあげ、『西行物語』は親友の急死をあげる。かたや女性、かたや友人。出家のきっかけを作った人物は異なるものの、どちらも西行が世をはかなんで、この世を捨てて仏の道に入ったとする筋書きは同じである。

## 2

それにしても不思議でならないのは西行が二十三歳で出家して七十三歳で亡くなるまでの五十年間の生涯を眺めるとき、圧倒的な印象を与えるのは歌人西行であって、仏道の修行者としての僧西行ではない。

西行はほんとうに「世をはかなんで、この世を捨てて仏の道に入った」のかどうか。もしそうなら、もっと仏の道に励んでいそうなものなのに、仏教者としての西行は歌人西行のお飾りのようにしかみえないのはなぜか。

ねがはくは花のしたにて春しなんそのきさらぎのもちづきのころ

もっとも知られた西行の歌（『山家集』）である。ここで西行はまず春、桜の花の下で死ぬことを願い、次にできるならば、それは如月の望月のころ、旧暦二月の満月（今の三月十五日）のころ、つまり釈迦が入寂《にゅうじゃく》した日（涅槃会《ねはんえ》）のころであってほしいというのだ。

旧暦二月の満月はふつう三月半ばにあたり、桜の花には早すぎる。ところが、西行が亡くなった一一九〇年（建久一）は暦が遅れ、たまたま二月十五日は太陽暦三月二十二日にずれこんで、桜の開花と重なった。そして西行は願いの歌のとおり、翌日の二月十六日に亡くなった。

奇蹟というほかないが、いずれにしても自分の死ぬ日に対する「そのきさらぎのもちづきのころ」という仏教者としての願いは「花のしたにて春しなん」という花の歌人としての願いの付け足しにすぎない。

そもそも仏教ではたとえ花であれ月であれ、これに執着することも、さらに歌に執着することも、「この世のほだし」束縛であり、修行の妨げとみなしてきた。世を捨てるとは単に世間との交渉を断つだけではなく、一切の「この世のほだし」を花も月も歌も捨て去ることである。はたして西行の出家はそうだったか。

では西行の出家のほんとうの動機は何なのか。この問題を考えるとき、もっとも重要なのは『源平盛衰記』のいう女官との悲恋や『西行物語』にある親友の急死という劇的な事件ではなく、西行が出家ののちの五十年間、あまたの歌を詠みつづけた、いいかえるなら出家によって歌に専念する生活に入ったというまぎれもない事実である。

ここから考えれば、西行は歌に専念するためにこの世を捨てたとみるのがまっとうな見方だろう。そうであるなら出家とは歌に専念するための儀式ということになる。仏道のためではなく歌のために世を捨てる。このような出家のあり方を西行学者、目崎徳衛《めざきとくえ》は「数奇の遁世」と名づけている。

つまり精神的には体制に絶望し、物質的には体制離脱の手段をもっていたところに、数奇の世界が開かれてきた。したがって、数奇の遁世は俗界を完全に拒否し脱出する行為ではなく、俗界の周辺で自由に遊ぶ生き方である。僧にも非ず俗にも非ずといった、独自の境涯である。自由人の日本的形態である。以後の中世文化はこのような人々を有力な加担者としたもので、西行の遁世こそ、そのかがやかしい旗手の出現であった。

（『西行』）

ここに書いてあるとおり西行の出家とは「俗界を完全に拒否し脱出する行為」ではなく、その後の西行の生涯は歌をたずさえて「俗界の周辺で自由に遊ぶ」五十年間だったといわなくてはならない。

芭蕉は、こう語った（五〇ページ）。

言語は虚に居て実をおこなふべし。実に居て虚にあそぶ事は難し。（支考「陳情の表」）

目崎が「数奇の遁世」の典型という西行の出家を芭蕉のこの虚と実という観点から眺めるなら、次のようになるだろう。出家する前の佐藤義清は「実に居て虚にあそぶ」人だったが、出家後の西行は「虚に居て実をおこなふ」人となった。出家は実の世界の佐藤義清から虚の世界の西行への大転換点だった。

3

では芭蕉にとって西行の出家のような、実の世界から虚の世界（風雅の世界）へ、実の人から虚の人への転換点は何だったか。

芭蕉は一六四四年（寛永二十一）、伊賀上野《いがうえの》の松尾家に生まれた。幼名、金作。以下、芭蕉の「実の人」としての半生をたどれば、十九歳で伊賀上野の藤堂《とうどう》家に台所用人として仕えた。ここで伝統的な貞門派の俳諧を学んだ。当時の俳号は宗房である。

三十二歳（延宝三、一六七五）で名を甚七郎と改めて江戸に下った。江戸では新興の談林派の俳諧に親しんだ。俳号は桃青《とうせい》と名のる。翌年三十三歳で、日本橋小田原町で俳諧師として独立する（立机《りつき》）。このころ、副業として神田上水関係の仕事をした。

その五年後、三十七歳（延宝八、一六八〇）のとき、隅田川を渡って深川の草庵（泊船堂）に引っ越す（深川隠棲）。翌年、草庵には芭蕉が植えられ、俳号を芭蕉に改め、草庵は芭蕉庵と呼ばれることになる。そして、ここで蕉風開眼の一句、古池の句を詠み、ここから『おくのほそ道』の旅へ出発することになる。

こうみてくると、芭蕉の句風は拠点とする場所を変えるたびに変わっていった、あるいは句風が変わるたびに住む場所も変わっていったことがわかるだろう。これは一六九四年（元禄七）、大坂での死にいたるまでいえることである。それをまとめておこう。

| 居住地 | 期間 | 年齢 | 句風 | 俳号 |
|---|---|---|---|---|
| 伊賀上野 | 一六四四—七五 | 〇—三二 | 貞門俳諧 | 宗房 |
| 江戸日本橋 | 一六七五—八〇 | 三二—三七 | 談林俳諧 | 桃青 |

江戸深川　一六八〇―八九　三七―四六　蕉風開眼　芭蕉
近江湖南　一六八九―九一　四六―四八　猿蓑風　芭蕉
江戸深川　一六九一―九四　四八―五一　炭俵風　芭蕉

これをみると、日本橋から深川に移り住んだ一六八〇年代の九年間が芭蕉にとって最大の転換期であったことがわかる。それは貞門、談林という他人が作った流派の一員であることをやめて、芭蕉自身の蕉風を打ち立てた時代だった。ここで蕉風開眼の一句、古池の句を詠んだ。のちの俳諧選集『猿蓑』はいわば蕉風の絶頂期の産物であり、『炭俵』は蕉風がさらに姿を変えたものだった。この蕉風開眼のきっかけとなったのが一六八〇年（延宝八）、三十七歳のときの深川への引っ越し、深川隠棲だった。

では、なぜこの時点で芭蕉は日本橋から隅田川の向こうの深川に引っ越したのか。いくつか説があるなかで、この年十月二十一日、日本橋一帯で大火があり、芭蕉は深川の草庵に一時的に避難したとする説（横浜文孝『芭蕉と江戸の町』）が説得力がある。この火事は早朝、日本橋新小田原町から出火し、十町以上を焼いた。芭蕉の住む小田原町も焼けた可能性が大きい。ちょうどこのころ、芭蕉は深川に移っている。

ただこの説は現実の世界で起こった「実の理由」である。いわば芭蕉を日本橋から深川へ押しやった理由である。これから風雅（虚）の世界に入ろうとする人には、逆に日本橋から深川へ引き寄せた文学上の理由、つまり「虚の理由」があったはずである。深川隠棲の「虚の理由」を探るには芭蕉のそれまでの俳諧について知っておかなければならない。

深川隠棲以前の芭蕉の俳諧はまず伊賀上野時代の貞門俳諧であり、江戸に移ってからは談林俳諧だった。

花よりも団子《だんご》やありて帰雁《かへるかり》　貞徳

ながむとて花にもいたしくびの骨　宗因

貞徳（一五七一―一六五三）は貞門派の、また宗因（一六〇五―八二）は談林派の中心人物である。どちらも一句ずつ花の句をあげた。

まず貞徳の句は「帰る雁」という古くからある和歌の題材を「花より団子」ということわざを引き入れて俳諧にしている。京の都の花ざかりをあとにして雁が北へ旅立ってゆくのは、きっとあちらで団子が待っているからにちがいない。

一方、宗因の句は西行の、

ながむとて花にもいたくなれぬればちるわかれこそかなしかりけれ

という歌を踏まえる。その「花にもいたくなれぬれば」花にもたいへん慣れ親しんだのでという文句の「いたく」（たいへん）という言葉をとらえて「いたしくびの骨」ずっと花を眺めていたので首の骨が痛いとすりかえている。

貞徳はまだ優美だが宗因は過激、貞徳の笑いに対して宗因の爆笑というちがいはあるものの、どちらも古典を手玉にとった言葉遊びの句であることが二句の対比からもわかるだろう。

深川に隠棲するまでの芭蕉が親しんでいた俳諧とは総じてこんな言葉遊びだった。これが百年もつづいてきたのである。芭蕉だけでなく当時の心ある俳人たちはそろそろ飽き飽きしていたにちがいない。

なぜならば、古代から日本の文学の中心であった和歌は一貫して心を詠みつづけてきたからである。その方向を決定づけたのは平安時代の初めに完成した『古今和歌集』だった。編纂の中心だった紀貫之は仮名序に次のように書いている。

やまとうたは、人の心を種《たね》として、万《よろづ》の言の葉とぞなれりける。世の中にある人、ことわざ繁《しげ》きものなれば、心に思ふことを、見るもの聞くものにつけて、言ひ出せるなり。

この和歌のあり方を知っている人であれば、俳諧はこのままでは先がないと危ぶんだはずである。こうした空気の中に芭蕉もいた。この俳諧への危機感をさらに強めたのは談林派の総師だった宗因の死去だった。それは芭蕉の深川隠棲の二年後、一六八二年（天和二）のことだった。

既存の俳諧の爛熟と頽廃、そして宗因の死が芭蕉に新しい俳諧の道を模索させ、その舞台となる新天地、深川への隠棲を決意させたものではなかったか。

## 4

現在は日本橋も深川も東京の一部にすぎない。しかし、江戸が幕府の所在地として開発されてから百年もたっていない芭蕉の時代、日本橋は江戸の商業の中心地だったのに対して、隅田川に隔てられた深川は芦原を埋め立てた造成されて間もない新開地だった。

芭蕉のために弟子の杉風（一六四七—一七三二）が提供した草庵は隅田川の河口近く、小名木川が合流する三つ又の北岸にあった。現在、芭蕉記念館のあるあたりである。のちに芭蕉庵と呼ばれることになるこの庵を芭蕉ははじめ「泊船堂」と名づけた。船を門に泊める、あるいは船に泊まるかのような家の意だろう。

草庵を出れば、隅田川の河口の向こうに江戸前の海が広がり、潮が満ちてくれば波が門を洗うような場所だった。芭蕉は「乞食《こつじき》の翁《おきな》」という一文に敬愛する唐の詩人、杜甫（七一二—七七〇）の詩の一節を引いて草庵からの眺めを描いている。

窓には西嶺千秋《せいれいせんしう》の雪を含み
門には東海万里《とうかいばんり》の船を泊《とど》む

杜甫は晩年、流離のはてに成都に仮寓したことがある。その草庵（杜甫草堂）は揚子江の支流のほとりにあった。その草庵からの眺めを詠んだ七言絶句の後半である。原詩では「窓」は「牕」、「東海」は「東呉」。窓からは万年雪をいただく西嶺の山々が見え、門のすぐ近くにははるか東方の呉へ下るあまたの船が停泊しているというのだ。

芭蕉は杜甫の詩の字句を直して引用し、泊船堂からの眺めに転じている。窓からは雪をいただく富士山をはるかにのぞみ、門前の海には東海を行き来する多くの船が停泊している。同時に芭蕉は自分自身を流寓の杜甫になぞらえていることをここでは忘れてはならない。

同じころに書いた「寒夜辞《かんやのじ》」では次のように書いている。

深川三《みつ》またの辺《ほと》りに草庵を侘《わび》て、遠くは士峯《しほう》の雪をのぞみ、ちかくは万里の船をうかぶ。あさぼらけ漕行《こぎゆく》船のあとしら浪《なみ》に、蘆の枯葉の夢と吹く風もやゝ暮過《くれすぐ》るほど、月に坐しては空《むな》しき樽をかこち、枕によりては薄きふすまを愁ふ。

艪《ろ》の声波を打《うつ》て 腸《はらわた》氷る夜《よ》や涙

当時の深川は隅田川一本を境にして繁華な日本橋とは打って変わって閑静な場所だった。その自由な空気を芭蕉は楽しんでいる。

わが庵は都の辰巳《たつみ》しかぞ住む世をうぢ山と人はいふなり　　喜撰《きせん》法師

このときの芭蕉の気持ちは流寓の杜甫だけではなく、平安時代初めの歌人、喜撰法師（生没年不明）の歌（『古今和歌集』）の心にも似ている。私の草庵は京の都の東南（辰巳）、鹿が住んでいるようなところにこんなふうにある。そんな私を世間の人は世の中に嫌気がさした（倦《う》ず）んだと噂し、だからこの山を宇治山と呼んでいるのだ。芭蕉の泊船堂もまさに都の辰巳、江戸城や日本橋からみれば東南の方角にあった。

深川の草庵に住むうちに芭蕉の心境はそれまでの「実の人」（現実の世界の人）から「虚の人」（文学の世界の人、風雅の世界の人）へと切り替わっていったにちがいない。伊賀上野時代、日本橋時代の芭蕉は現実の世界で藤堂家の料理人や神田上水の仕事をしながら虚の世界である文学にかかわった。いわば「実に居て虚にあそぶ」実の人であった。その芭蕉が深川隠棲後、「虚に居て実をおこなふ」虚の人となってゆく。

言語は虚に居て実をおこなふべし。実に居て虚にあそぶ事は難し。　（支考「陳情の表」）

この言葉は深川隠棲後、「虚の人」として目覚めた芭蕉がかつて実の人であった自分自身を振り返った自省の言葉にほかならない。

芭蕉はこの深川隠棲の六年後、宗因の死の四年後の一六八六（貞享三）春、いまや芭蕉庵と呼ばれるようになった深川の草庵で古池の句を詠んで自分の句風、いわゆる蕉風に開眼する。

古 池 や 蛙 飛 こ む 水 の お と

古池の句は古池に蛙が飛びこんで水の音がしたという意味ではなく、蛙が水に飛びこむ音を聞いて芭蕉の心の中に古池の面影が浮かんだという句だった。それはとりもなおさず、それまで言葉遊び（駄洒落）にすぎなかった俳諧（俳句）に心の世界を打ち開いたということであり、俳諧が古代から心の文学であった和歌とやっと肩を並べることができたということを意味していた。これが蕉風開眼といわれることの本質であり、蕉風とはいうもののそれは芭蕉一人にとって重要だったのではなく、俳句という文学にとっての大事件だった。

宗因の死後、急速に失速した談林俳諧をまのあたりにして言葉遊び以外の新しい道を探った俳人は、芭蕉のほかにも来山《らいざん》（一六五四―一七一六）、鬼貫《おにつら》（一六六一―一七三八）、素堂《そどう》（一六四二―一七一六）らがいたが、心の世界を切り開き、俳句という文学の方向に決定的な影響を与えたのは芭蕉一人である。

古池の句の三年後の一六八九年（元禄二）春、古池の句で開いた心の世界を追い求めるかのように芭蕉は『おくのほそ道』の旅へと出発する。

## 5

世にいう「芭蕉七部集」はいずれも深川隠棲後に編集された。このうち、蕉風開眼の前後にできた俳諧選集が三つある。『冬の日』（一六八四）、『春の日』（一六八六）、『あら野』（一六八九）である。芭蕉はこのとき、すでに「虚に居て実をおこなふ」人、つまり虚の人となっていたはずだが、いずれも蕉風以前あるいは蕉風初期の未消化な時代の選集であるといわなければならない。

七部集を句風ごとにまとめると次のとおりである。

| 居住地 | 句風 | 選集 |
| --- | --- | --- |
| 江戸深川 | 蕉風開眼前後 | 『冬の日』『春の日』『あら野』 |
| 近江湖南 | 猿蓑の時代 | 『ひさご』『猿蓑』 |
| 江戸深川 | 炭俵の時代 | 『炭俵』『続猿蓑』 |

七部集のうち、この初期の三部集『冬の日』『春の日』『あら野』の編者はいずれも名古屋の門人、荷兮（一六四八―一七一六）とみられる。収録されている歌仙の連衆も名古屋の門人たちが多い。蕉風の黎明期、故郷の伊賀上野、居住している江戸のほか、途中の名古屋に芭蕉を支える一大勢力があったということである。

名古屋の門弟たちとはどのような人々だったのか。芭蕉とはどんな関係だったのか。それを知るために『冬の日』の巻頭におかれた歌仙「狂句《きょうく》こがらしの巻」（巻末参照）をみてみたい。

芭蕉は深川隠棲の四年後、一六八四年（貞享一）初秋、『野ざらし紀行』の旅に出た。深川の芭蕉庵を発って郷里の伊賀上野に向かい、吉野山、大垣、名古屋、京都のほか各地をめぐって九か月後の翌年晩春、深川に帰った。深川に隠棲してから初めての長旅だった。途中、名古屋で歌仙五巻を巻いた。『冬の日』はこの五歌仙と表六句を収める歌仙集である。「狂句こがらしの巻」の表六句は次のとおりである。

狂句こがらしの身は竹斎《ちくさい》に似たる哉　芭蕉（冬）
たそやとばしるかさの山茶花　野水《やすい》（冬）
有明の主水《もんど》に酒屋つくらせて　荷兮（秋・月）
かしらの露をふるふあかむま　重五《じゅうご》（秋）
朝鮮のほそりすゝきのにほひなき　杜国《とこく》（秋）

日のちり〳〵に野に米を刈《かる》　正平《しょうへい》（秋）

この歌仙の連衆は芭蕉のほか野水、荷兮、重五、杜国、正平の五人。みな名古屋の人である。野水（一六五八―一七四三）は備前屋という呉服商。当時二十七歳。のちに名古屋の惣町代をつとめる。江戸風にいえば町年寄、武家の奉行に対する町人の総代である。

荷兮は医師。三十七歳。名古屋の連衆五人の中心人物であり、『冬の日』『春の日』『あら野』の編者とみられる。

重五（一六五四―一七一七）は材木商。三十一歳。

杜国（?―一六九〇）は米商。名古屋御園町の町代をつとめた。当時二十八、九歳。芭蕉と歌仙を巻いた翌年、延米商いの罪で尾張から追放され、渥美半島の伊良湖に隠棲した。享年三十あまりか。延米は年貢米に加えて課された課税の米。これを商うことは公金横領にあたる。

正平についてはは詳しくわからない。

五人はいずれも二、三十代の名古屋の町人であり、少なくとも三人は裕福な商人だった。この五人が芭蕉（四十一歳）という江戸の新進の俳諧師を迎えて、ひと月あまりの間に一気に巻いたのが『冬の日』の五歌仙である。このうち「狂句こがらしの巻」は芭蕉が名古屋に入って最初に巻いた歌仙である。

狂句こがらしの身は竹斎に似たる哉　芭蕉

この発句には前書がある。

笠は長途《ちやうど》の雨にほころび、紙衣《かみこ》はとまり〳〵のあらしにもめたり。侘《わび》つくしたるわび人、我さへあはれにおぼえける。むかし狂歌の才士、此国にたどりし事を、不図《ふと》おもひ出《いで》て申侍《まうし》る。

長旅の雨風で笠はぼろぼろ、紙衣はよれよれ。そのみすぼらしさはわれながら情けない。この姿に昔、あるさすらいの狂歌師がこの国にたどりついたという話をふと思い出して、一句ごあいさつ申しあげる。発句の「狂句」とはかの狂歌師なら狂歌を詠むところだが、俳諧師の私には狂句でご挨拶させてくれというのだ。さながら凩のようなわが姿はその狂歌師の竹斎にそっくり。「狂句こがらしの」は八音を五拍で読む。

狂歌師の竹斎は江戸時代初期に出版された仮名草子『竹斎』（富山道治作）の主人公である。京で医者として失敗し、江戸へ下る途中、各地で狂歌を詠む。

たそやとばしるかさの山茶花　野水

どなたですか、木枯らしの吹くなか、笠でさっと山茶花を散らして現われたのは。竹斎に似てるなどとは謙遜がすぎますというのだ。芭蕉の発句に対して名古屋の連衆を代表して若き野水があいさつを返した。ここに野水を立てたのは後ろ盾の荷兮である。その荷兮の第三、

有明の主水に酒屋つくらせて　　荷兮

今年の秋も深まり、すでに「有明の主水」に新酒を仕込ませてあります。「有明の主水」とはどこかにいそうで、どこにもいそうにない人物の名前。有明月の残る空に主水星（水星）のきらめく秋になったという意味が含ませてある。

かしらの露をふるふあかむま　　重五

夜が明けて赤毛の馬が頭に降りた夜露を震い落している。

朝鮮のほそりすゝきのにほひなき　　杜国

赤馬のいる草原では朝鮮渡来のほっそりとした薄がそっけなく風に揺れている。

日のちり〳〵に野に米を刈　　正平

日の光があちらこちらに残る野原で誰かが稲を刈っている。

この表六句を読むだけで歌仙「狂句こがらしの巻」の著しい特色が浮かんでくる。それは同時に俳諧選集『冬の日』にとどまらず、蕉風の黎明期に芭蕉が名古屋の連衆たちと制作した初期三部集のすべてに及ぶ特色でもある。

それはまず芭蕉の発句にみてとれる。芭蕉はここで「竹斎」という仮名草子の主人公の名前をそのまま出している。ここからわかるのは、この七年後に完成する『猿蓑』で駆使される面影という手法に芭蕉はいまだたどりついていないということである（八九ページ）。

じつはこの表六句の次（初折の裏の初句）は野水が付けている。

わがいほは鷺《さぎ》にやどかすあたりにて　　野水

この句を読めば誰でも喜撰法師の「わが庵は都の辰巳しかぞ住む」をすぐ思い出す（一五〇ページ）。わが草庵のあたりには鹿のほかにも鷺もいますよというだけであって、喜撰法師の歌を一歩も進めていない。この野水の句も『猿蓑』の面影の手法からは遠いといわねばならない。

「竹斎」の名をそのまま出すことによって、どういう事態が生じるかといえば、この発句が芝居がかった句になってしまった。旅役者さながらに芭蕉は破れ笠をかぶり、よれよれの紙衣をまとい、放浪の狂歌師、竹斎に扮して舞台に登場するわけである。これに対する野水の脇は芭蕉の芝居がかった演技に合わせて、まるで舞台上の山茶花垣の佗び住まいの女主であるかのように俳諧師に素性を問うている。

これをどう評価すべきか。少なくともこの時点の芭蕉はこうした芝居がかった趣向をひけらかしていたということであり、名古屋の連衆たちも江戸の高名な俳諧師のへたな演技を喜んで迎えたということである。

次にこの表六句から感じられるのは、一座六人の間の俗臭ただよう雰囲気である。ここにあるのは名古屋の旦那衆が江戸の新進の俳諧師を迎えて一席を設けている、その空気そのものではないか。

なぜこうなるのか。いうまでもなく名古屋の連衆はまじめに芭蕉をもてなしている。しかし、みな裕福な商人たちであり、所詮、俳諧は商いの余技、金持ちの趣味にすぎなかった。いいかえるなら、彼らは「実に居て虚にあそぶ」人だったのである。深川隠棲後、「虚に居て実をおこなふ」人となりつつあった芭蕉とはおのずから心構えの落差があった。

第三をつとめる荷兮は「有明の主水」というきらびやかな言葉をここぞとばかり出してみせる。名古屋連衆の指導者としての技量を芭蕉に認めさせ、面目を施したいのである。しかし、荷兮のこれみよがしの第三を境にして、重五の四句目から杜国、正平と徐々に低調に陥ってゆくのは隠しようもない。

ただ、こうした名古屋の連衆を相手にして芭蕉はけなげにもよく歌仙を捌いている。「実に居て虚にあそぶ」人々の句を芭蕉は「虚に居て」採るべきは採り、捨てるべきは捨てて歌仙を巻き終えている。これが芭蕉の風雅の誕生まもない姿だった。

先の話をすれば、芭蕉が古池の句を詠んで蕉風に目覚め、『おくのほそ道』の旅を終えたのち、『猿蓑』の新風を打ち出すと、名古屋の連衆は芭蕉から離れてゆく。「実に居て虚にあそぶ」人である彼らにとって、あまりにも文学的な『猿蓑』の新風はもはや金持ちの趣味の域を超えてしまっていた。

## 6

ここで芭蕉の風雅のもうひとつの顔について書いておきたい。それは非情ということである。風雅と非情は無縁であるかのように思えるかもしれないが、じつは風雅すなわち非情、芭蕉の風雅はとりもなおさず非情の精神によって支えられていた。

芭蕉が名古屋の連衆と出会い、『冬の日』『春の日』『あら野』という蕉風黎明期の三部集を生みだすきっかけとなったのは一六八四年（貞享二）から翌年にかけての『野ざらし紀行』の旅だった。それはこのようにはじまる。

千里に旅立《たびだち》て、路粮《みちかて》をつゝまず、「三更月下《さんかうげつか》無何《むか》に入《いる》」と云《いひ》けむ、むかしの人の杖《つゑ》にすがりて、貞享甲子《じやうきやうきのえね》秋八月、江上《かうしやう》の破屋《はをく》をいづる程、風の声、そゞろ寒気《さむげ》也《なり》。

野ざらしを心に風のしむ身哉

秋《あき》十《と》とせ却《かへつ》て江戸を指《さす》故郷

書き出しは宋の禅僧、偃渓広聞《えんけいこうもん》（一一八九―一二六三）の言葉（『江湖風月集』）を踏まえる。千里に旅立つのに道中の食糧を用意してもはじまらない。夜更け（三更）の月光を浴びながら『荘子』のいう無為自然の理想郷（無何、無何有の郷）に入る。

本文もそれにつづく俳句も、「狂句こがらし」同様、はなはだ芝居がかっている。のちの『おくのほそ道』とは大きなちがいである。この少しあとに次のくだりがある。

冨士川のほとりを行《ゆく》に、三つ計《ばかり》なる捨子《すてご》の哀《あはれ》げに泣有。この川の早瀬《はやせ》にかけて、うき世の波をしのぐにたえず、露計《つゆばかり》の命待まと、捨置《すておき》けむ。小萩がもとの秋の風、こよひやちるらん、あすやしほれんと、袂《たもと》より喰物《くひもの》なげてとをるに、

猿を聞《きく》人《ひと》捨子に秋の風いかに

いかにぞや、汝《なんぢ》、ちゝに悪《にく》まれたるか、母にうとまれたるか。ちゝハ汝を悪《にくむ》にあらじ、母は汝をうとむにあらじ。唯これ天にして、汝が性《さが》のつたなきをなけ。

これも芝居がかった書きぶりだが、芭蕉はここで富士川の河原で寒さと飢えに耐えている三歳くらいの捨て子を、食べ物を与えるだけで通りすぎてしまう。これがおまえの天命なのだ。運が悪かったと嘆きなさい。「唯これ天にして、汝が性のつたなきをなけ」。これが芭蕉が捨て子に残した言葉だった。

さらにこの発句をみれば、杜甫の詩を引用して捨て子を一句すなわち文学に仕立てている。杜甫の詩とは「秋興八首」二首目の一節である。

猿を聴いて実《げ》にも下《お》とす　三声《さんせい》の涙

あわれな猿の鳴き声を聞けば、この地の漁師の歌にもあるとおり三声目にして涙を流さずにはいられない。そこで芭蕉の発句はいうのだ。杜甫よ、あなたは猿の声は三声目で涙を流すと詠っているが、この捨て子の泣き声はどうだろうか。あなたが聞いた猿の声よりはるかにいたましいではないか。といいながら、芭蕉は捨て子を助けるでもなく、近くの誰かに預けるでもなく、見捨ててゆく。この非情さこそが芭蕉の風雅のもうひとつの顔だった。

ここでいったい何が起きているのか。捨て子は現実すなわち実の世界でのできごとである。それを芭蕉は虚すなわち文学の立場から眺めている。そして非情にもその捨て子を文学に仕立てている。

もしかすると、捨て子はいなかったかもしれない。しかしながら『野ざらし紀行』にこの場面が必要だった。そこで芭蕉は捨て子を見捨てて立ち去るという虚構を作りだした。なぜこの場面が必要かといえば、風雅という非情な立場を鮮明にするためである。

どちらにしても現実の世界のさまざまなできごとは、風雅の世界から眺めればどれも素材にすぎない。そこから取捨選択して文学に仕立てる。必要であれば、じっさいはなかったこともあったことのように作り上げる。芭蕉にとってこれが「虚に居て実をおこなふ」ということだった。思えば、現実のできごとをそのまま写しさえすれば文学になると教える近代の単純な写実主義（リアリズム）や人間世界を暖かく見守る人道主義（ヒューマニズム）とは何と遠く隔たった文学のあり方だろうか。

そこで思い出すのは『西行物語』にある西行出家の場面である。

秋は又のがれて、このくれに出家さはりなくとげさせ給へと三宝《さんぼう》にきせい申て、宿へかゑりゆく程に、としごろさりがたくいとうしがりける女子、生年四歳になるが、ゑんに出むかひて、ち丶御ぜんのきたれるがうれしとい丶て、袖にとりつきたるを、いとをしさたぐひなく、めもくれておぼえけれども、これこそぼんなうのきづなよとおもひとり、ゑんよりしもへけおとしたりければ、なきかなしみたることもみゝにもきゝいれずして、うちにいりて、今夜ばかりのかりのやどぞかしと思ふに、涙にむせびてぞあはれにおぼえける。

いよいよ出家を決意した西行は、父を迎えに縁側に走り出てきたまだ四歳の娘を縁側から庭に蹴り落とす。この西行の非情には、三歳ばかりの捨て子を見捨てて立ち去る芭蕉の非情と相通じるものがある。

芭蕉のこの非情な風雅の精神が存分に発揮されるのが、五年後の『おくのほそ道』である。この旅において芭蕉と曾良は現実の世界を旅しているようにみえるが、じつは現実の世界のできごとが芭蕉と曾良の前を走馬灯のように通りすぎてゆくのだ。芭蕉は虚の立場に立って、目の前を通りすぎてゆく素材から文学になるものを取りあげて、ならないものは捨てて『おくのほそ道』をつづってゆく。ときには市振での遊女との一夜のようにありもしなかったことをありありと描きだすことになる（七七ページ）。

鬼のように非情な風雅の精神。虚の立場に立って現実を取捨選択し、虚構を織りこみながら文学作品を仕立ててゆく。これは芭蕉一人にかぎったことではない。古今東西のあらゆる文学に当てはまる。さかのぼれば大伴家持も紀貫之も藤原定家もそのようにして歌を詠み、和歌集の選をした。同じく紫式部もそのようにして『源氏物語』を書いた。ただ文学の歴史のなかで芭蕉がはじめてこのことを意識的に考えた。芭蕉以後もプルーストも谷崎潤一郎もそのようにして小説を書いた。なぜならば、それこそが文学だからである。

7

芭蕉の風雅のもうひとつの顔であった非情の精神にかかわる現代の俳句の問題について書いておきたい。

近代に入ると、俳句の世界では正岡子規（一八六七―一九〇二）の俳句革新以来、写実主義（リアリズム）が巾を利かせ、目に見える現実のできごとを言葉でありのままに写しさえすれば俳句になるという誤解された写実主義が堂々とまかり通るようになった。

この誤った写実主義はその一方で目に見えないもの、耳に聞こえないものを言葉で描くことを拒絶する。その結果、俳句は誰でも作れるようになり、現実を模写しただけのガラクタ同然の俳句を量産することになった。

この近代以降の俳句の流儀が「虚に居て実をおこなふ」、いいかえれば虚の立場に立って現実を取捨選択し、目に見えるものも見えないものもありありと描くという古代からつづく文学の本道からすれば、近代という一時の迷いであることは明らかだろう。そもそも写実主義であれ何であれ、主義というものに縛られるのが文学には何よりも窮屈なのだ。

これは日常生活だけでなく戦争や災害という非常時にも、そこでの体験や同情を言葉にするだけでは俳句にはならないということである。現実の世界でどのように悲惨なことが起ころうと文学にとってそれは素材にすぎない。さまざまな現実を前にして、はたしてそれが文学となりうるかどうかを非情の目で判断しなければならない。昭和戦争でも東日本大震災でも数多くの俳句が作られたが、数の割に見るべき句が少ないのは、非情の視点を欠いているからである。

このように俳句を作るときだけでなく、選ぶとき、つまり俳句の選についても同じ問題が横たわっている。句会、新聞雑誌、俳句大会で俳句の選をする場合も「虚に居て実をおこなふ」非情の目がなくてはならない。

たいていの句会では参加者全員が選をすることになっているので俳句の選は誰でもできると勘違いしている人が多い。俳句の選は共感や同情という実の立場ではなく虚の立場に立って、その句がはたして文学として成り立っているかを非情の目で判断しなければならない。この非情さに耐えられる人だけが本来の選者である。俳句の選とはじつは芭蕉にとっての歌仙の捌きと同じものなのである。

俳句をはじめようとする人は最初に「師を選べ」といわれる。この選ぶべき師とはとりもなおさず「虚に居て実をおこなふ」人のことである。それは非情の心で俳句を作り、非情の目で俳句を選べる人である。

第六章

# 古典との闘い

1

芭蕉が生きたのは応仁の乱（一四六七―七七）からの百三十年間の内乱が終わって訪れた太平の時代だった。それは戦乱で失われた古典文化復興の時代でもあった。そして芭蕉の風雅を育んだのは日本や中国の古典文学だった。ところが、いつのころからか芭蕉は古典に距離をとりはじめる。どのような理由でそうなったのか。そして、どのような結末を迎えたのか。

まず芭蕉の風雅が古典文学を土壌にして誕生した経緯をみておくことにしたい。芭蕉が伊賀上野時代（一六四四―七五）に学んだ貞門俳諧も、江戸日本橋時代（一六七五―八〇）に興じた談林俳諧も風味のちがいはあるものの古典文学を土台にした言葉遊びであることに変わりはない。言葉遊びとは一言でいえば今の駄洒落だが、言葉をおもしろがるという点では文学である。ジェームズ・ジョイス（一八八二―一九四一）の『フィネガンズ・ウェイク』がそうであるように。芭蕉の文学すなわち風雅はここからはじまった。

とくに伊賀上野時代に芭蕉が学んだ北村季吟（一六二五―一七〇五）の存在は重要である。季吟は貞門の俳諧師であったが、何よりも日本の古典文学の偉大な注釈学者だった（八九ページ）。当時の古典文学復興の潮流のただなかにいて『伊勢物語』や『源氏物語』の注釈書を書いた。二十五歳のときには季寄せ『山之井』を編集している。季語を四季別に配列して例句を並べた俳諧の手引き書であり、現在の歳時記の先駆けである。六十歳をすぎて幕府歌学方《かがくかた》として江戸に呼ばれ、将軍家の人々に和歌や古典文学を教えた。要するに季吟は当時の古典文学研究の第一人者だった。

季吟の古典注釈書の優れている点は自分の注釈を書き記しただけでなく、過去に書かれた主な注釈を網羅していることである。つまり『伊勢物語』や『源氏物語』について書かれた過去の注釈の集大成だった。まさに古典文学復興期の産物というべき名著であり、季吟の『伊勢物語拾穂抄』や『源氏物語湖月抄』を読めば、『伊勢物語』や『源氏物語』の原文のみならず、それについて過去にどのような人がどのようなことを語ってきたかがわかるように書かれている。

伊賀上野時代の芭蕉が季吟に学んだということは、芭蕉は当時の古典文学研究の最先端にきわめて近いところにいたということである。これこそが芭蕉が古典文学を自家薬籠中のものとして自在に使いこなすことができた素地となったといわなければならない。

芭蕉は一六八〇年（延宝八）、三十七歳のとき、江戸の日本橋から深川に隠棲し、六年後、古池の句を詠んで蕉風つまり芭蕉自身の句風に目覚める。

古 池 や 蛙 飛 こ む 水 の お と

この句が誕生した状況については弟子の支考（一六六五―一七三一）が『葛《くず》の松原』に書いて

いる。

弥生も名残をしき比《ころ》にやありけむ。蛙の水に落る音しば〳〵ならねば、言外の風情この筋にうかびて蛙飛こむ水の音といへる七五は得給へりけり。晋子《しんし》が傍《かたはら》に侍りて、山吹といふ五文字をかふむらしめむかと、をよづけ侍るに、唯、古池とはさだまりぬ。しばらく論《これをろんずるに》之、山吹といふ五文字は風流にしてはなやかなれど、古池といふ五文字は質素にして実也《じつ》。実は古今の貫道なればならし。

筆者の支考が芭蕉に入門するのは『おくのほそ道』の旅のあとのことだから、古池の句が詠まれたこの席に支考が居合わせたわけではない。つまりこの文章は誰かからの聞き書きである。しかしながら『葛の松原』は芭蕉の存命中に出版（一六九二、元禄五）されているから、ここに書かれていることは事実であると考えていい。

それによると、晩春のある日、芭蕉は草庵（深川の芭蕉庵）の座敷でときおり蛙が水に飛びこむ音（蛙の水に落る音）を聞いて、まず「蛙飛こむ水のおと」という中七下五を詠んだ。そこで上五をどうしたものか考えて「古池や」とおいたという。

これが何を意味しているかといえば、この句は蛙が古池に飛びこんで水の音がしたという句ではなく、蛙が水に飛びこむ音を聞いて古池の茫漠とした姿が心に浮かんだといっている。いいかえれば、蛙が水に飛びこむ現実の音を聞いて心の世界に古池が浮かんだというのである。

古池の句はそれまで長い間、言葉遊びにすぎなかった俳諧という文学に、こうして心の世界を切り開いた最初の句だったのであり、これこそが古池の句がのちに蕉風開眼の一句とたたえられる唯一の理由だろう。蕉風の俳諧とはそれまでの貞門俳諧や談林俳諧の言葉遊びとはちがって心を詠む俳諧、心の俳諧なのである。

この古池の句の芭蕉自身にとっての意義と俳句という文学にとっての意義についてはすでに書いた（一五一ページ）。ここではこの句のもうひとつの側面について記しておきたい。それも支考の『葛の松原』に書いてある。

「晋子傍に侍りて」以下、後半部分をみていただきたい。簡単に訳せば、芭蕉がまず「蛙飛こむ水のおと」と詠んで、さて上五をどうしたものか案じていると、その席にいた晋子（其角《きかく》、一六六一―一七〇七）がしゃしゃり出て「山吹をかぶせてはどうですか」と偉そうにいったけれども、芭蕉はその意見には従わずただ「古池」とおいた。

はたして山吹がいいか古池がいいかで、その席で議論があったらしい。それによると芭蕉が古池としたのは山吹はたしかに風流で華やかではあるが、古池の方が質素で実感がある。実感こそが昔も今も文学を貫く大道だからである。其角のいう山吹は和歌の常識に沿うだけで、おもしろくないと支考はいいたいのだ。

「をよづけ侍る」とはませた口をきく、偉そうにものをいう、知ったかぶりをするという意味である。ここで支考はこの言葉を決していい意味では使っていない。その背景には兄弟子である其角に対して支考が抱く対抗心があるだろう。

其角は芭蕉が江戸に出てきてすぐ、つまり談林時代の芭蕉に十代半ばで師事している。古池の句が詠まれたとき、まだ二十代半ばだったが、江戸の門弟の中ではすでに最古参の一人だった。

一方の支考は其角より五歳若く、芭蕉の晩年の弟子である。其角に対する支考の対抗心は年齢と入門の時期から生まれる二人の俳句観のちがいに起因している。其角の俳句観は談林時代の芭蕉から受け継いだものであり、支考の俳句観は『おくのほそ道』の旅を終え、俳諧選集『猿蓑』を世に問うたのちの芭蕉の影響を受けている。

## 2

では、なぜ其角は山吹を提案し、支考はそれを「をよづけ侍る」偉そうなことをいうと受けとったのか。そして芭蕉はなぜ山吹ではなく古池とおいたのか。三者それぞれの考え方を解きほぐしてみよう。

まず芭蕉が「蛙飛こむ水のおと」と詠んだとき、其角が山吹ではどうかと提案したのは、和歌では昔から蛙と山吹が切っても切れない間柄にあったからである。蛙が出てくれば必ず山吹を取り合わせるものと決まっていた。その逆もまた。たとえばこのように。

かはづ鳴く甘南備河《かむなびがは》にかげ見えて今か咲くらむ山吹の花　厚見王《あつみのおほきみ》

かはづなくゐでの山吹ちりにけり花のさかりにあはまし物を　読人知らず

一首目、厚見王の歌は『万葉集』の歌である。蛙の声と山吹の取り合わせは万葉時代にさかのぼる。やがて都が奈良から京都へ移ると、旧都と新都の間の往来が盛んになる。その途中の山中に井出（ゐで）があって、ここは蛙（河鹿）の名所であるとともに山吹の名所だった。山吹の咲き乱れる渓流で蛙が鳴いている光景はそこを行き交う旅人の脳裏に刷りこまれ、蛙の声と山吹の取り合わせはいよいよ堅固なものになっていった。二首目はまさにその時代に編集された『古今和歌集』の歌である。

其角が山吹がいいといったのは、この古典和歌の常識を踏まえている。和歌では山吹の花に取り合わせるのは蛙の声と決まっていた。それに対して芭蕉の句は蛙の声ではなく蛙が飛びこんだ水音を詠んでいる。これだけで和歌の常識をくつがえすみごとな俳諧である。それならば、ここに山吹とかぶせれば、この句の俳諧性はいよいよ鮮明になるだろう。其角が考えたのはそのようなことだろう。

山吹や蛙飛こむ水のおと

其角の考えを形にすればこうなる。見てのとおり、きわめて談林風の笑いの句である。

一方の支考は其角のこの談林的な考え方が気に入らなかった。支考の考えを推測すれば、其角のように何ごとにも古典、古典というのはうるさくてかなわないというところだろう。『葛の松原』で其角の提案を「をよづけ侍る」とけなしたのはそうした兄弟子への不満の反映にほかならない。

では芭蕉が山吹ではなく古池を選んだのはなぜか。芭蕉はこのとき其角が代弁する談林的な考え方にすでに飽いていたのだ。だからこそ古池とおき、その結果、心の世界を開いて蕉風の俳諧を打ち立てることができた。

ただ忘れてならないのは「蛙飛こむ水のおと」という文句自体、其角が考えたように和歌の常識に対する反抗だった。いいかえれば古典文学の上に成立していたということである。このように蕉風の俳諧、すなわち芭蕉の風雅の世界は古典文学によって育まれ、古典文学なしには存在しえないものだった。

芭蕉は古池の句で打ち出した蕉風の俳諧を携えて『おくのほそ道』の旅にのぞみ、さらに『猿蓑』を編集することになる。ところが、やがて芭蕉は自分の風雅の世界の土台ともいうべき古典文学から離れようと試みることになる。そこにはどんな事情があったのか。

3

一六九一年（元禄四）、京で『猿蓑』を刊行した芭蕉は冬、江戸深川の芭蕉庵に帰った。『おくのほそ道』の旅に出発して以来、二年半ぶりの江戸であり、一六九四年（元禄七）夏、大坂へ最後の旅に出るまで二年半の間、ここに留まることになる。

久々の江戸で編集した俳諧選集が『炭俵』である。編者は野坡、孤屋、利牛の三人。いずれも江戸日本橋の両替商、越後屋の手代たちである。今の銀行の部課長にあたる。歌仙七巻、百韻一巻、発句を収めるが、その第六歌仙「振売《ふりうり》の巻」は一六九三年（元禄六）初冬、江戸帰還の二年後、深川の芭蕉庵で巻かれた。連衆は芭蕉と『炭俵』編者の三人である。

さっそく表六句をみてみよう。

振売の雁《がん》あはれ也ゑびす講　　芭蕉（冬）
降《ふつ》てはやすみ時雨《しぐれ》する軒　　野坡（冬）
番《ばん》匠《じやう》が樫の小《こ》節《ぶし》を引《ひき》かねて　　孤屋（雑）
片はげ山に月をみるかな　　利牛（秋・月）
好物の餅を絶《たや》さぬあきの風　　野坡（秋）

割木《わりき》の安き国の露霜《つゆじも》　芭蕉（秋）

この表六句を読めば「振売の巻」のみならず『炭俵』という選集のおおよその性格がわかる。それは江戸の町人たちの生活感覚がいたるところに反映していることである。この町人の感覚は名古屋の裕福な商人たちと巻いた『冬の日』にも、京の知識人たちと巻いた『猿蓑』にもなかったものである。まずは芭蕉の発句から。

振売の雁あはれ也ゑびす講　芭蕉

この発句には前書がある。「神無月廿日《かんなづきはつか》ふか川にて即興」。この発句は神無月（旧暦十月）二十日、深川の芭蕉庵での即興というのである。この日は商売繁盛の神である恵比須の祭日であり、商家では大売り出しをしたり祝宴を開いたりして福をふるまった。これが恵比須講（ゑびす講）である。振売とは商品を棒にぶら下げて売り歩く行商人である。

きょうは君たち商人の守護神である恵比須の祭である。その祝宴の肴にでもというのだろう、振売の棒にぶらぶら揺れている雁のあわれなことよ。雁は古くから和歌の題材。しかし、きょうは何と棒にぶら下げられている。「あはれ也」とはかわいそうだ、情けないというだけではなく、これもまた一興と興じている。

ここで「雁」を「かり」ではなく「がん」と読ませている。「かり」が和歌の言葉であるのに対して「がん」は鳥としての即物的な呼び名。和歌の「かり」が今日は食べ物の「がん」になっているというのである。

前書にある「即興」とは振売の呼び声を聴いてたちまち一句ができたという意味だが、この「振売の雁」がはからずもこのときの芭蕉自身の姿を映していることは、あとで触れなければならない。

降てはやすみ時雨する軒　　野坡

野坡の脇。振売が流してゆく町筋の描写。「降てはやすみ」とは時雨が降ったりやんだりするということであり、雁の振売が時雨れてくれば軒で雨宿りするということでもある。

番匠が樫の小節を引かねて　　孤屋

孤屋の第三。雨宿りしたその軒はたまたま大工（番匠）の家だった。のぞいて見れば、鋸の歯が樫の木の節に食いこんでしまって往生している。「やすみ」すなわち一息ついている。

片はげ山に月をみるかな　　利牛

利牛の四句目。一息つきながら、片側の木がすっかりはぎとられた山に登る月を仰いでいる。

好物の餅を絶さぬあきの風　　野坡

野坡の五句目。酒ではなく月見団子でもなく、餅を食べながら名月を仰ぐ実直者。秋風が吹きはじめても年中、好物の餅だけは絶やさない。

割木の安き国の露霜　　芭蕉

芭蕉の六句目。さすがに山国だから割木（薪）が安い。これなら好物の餅を蒸すにも、やがてくる厳しい冬の備えも万全。芭蕉がここで割木の値段という都市の住人にとって大事な生活物資の物価について言及していることは注目してよい。

以上、表六句を眺めてきたが、いったい何が起こっているのか。振売、恵比須講（発句）、大工（第三）、好物の餅（五句目）、薪の値段（六句目）と町人の暮らしにかかわりの深い題材が並ぶ。その一方で表には出ないものの、芭蕉が慎重に避けているのはどうやら和歌や物語などの古典のようである。

　ここで和歌にかかわるものといえば、芭蕉の発句の「雁」くらいだろう。しかし、それも和歌の雁ではなく、それを反転させた「振売の雁」として登場する。『冬の日』や『猿蓑』の芭蕉とは様変わりした芭蕉がここにいるのである。

　右手で町人たちの暮らしぶりを描きながら、左手では古典文学を封印する。この姿勢は「振売の巻」全編、さらに『炭俵』全体にわたって一貫している。「振売の巻」初折の裏以降にある芭蕉の句をすべて拾うと、

ひだるきは殊《こと》に軍《いくさ》の大事也　初裏三
　馬に出ぬ日は内で恋する　八
此《この》島の餓鬼《がき》も手を摺《する》月と花　十一
平地《ひらち》の寺のうすき藪《やぶ》垣《がき》　名表四
算用に浮世を立つる京ずまひ　七
　壁をたゝきて寐せぬ夕月　十二
ちらばらと米の揚場《あげば》の行戻り　名裏三

一句ずつみてゆく。

ひだるきは殊軍の大事也

前句は孤屋の「星さへ見えず二十八日」。旧暦五月の二十八日が曾我兄弟が討たれた日であることから、討手の大将の台詞を一句に仕立てた。腹が減っては戦ができぬということ。町人にとっても腹を満たすことは一大関心事だが、戦においても重要なことだったというのだ。旧暦二十八日は新月（晦日）前の闇夜。ここは夜討ちを仕掛ける算段のようである。

この句はたしかに『曾我物語』という古典を踏まえるが、この物語は鎌倉時代から流布した口承の文学であり、芭蕉の時代には歌舞伎となり、江戸では大人気を博していた。江戸に住んでいる人であれば誰でも知っていた大衆的な物語である。

馬に出ぬ日は内で恋する

初裏の恋の句。『猿蓑』の芭蕉なら古典を面影にしたかもしれない局面だが、ここで描くのは馬方の恋である。あいにくの雨で仕事もないので家で女房と仲よくやっている。

此島の餓鬼も手を摺月と花

前句は孤屋の「塀に門ある五十石取《ごじっこくどり》」。この五十石取を南の島の奉行と見立て、月につけ花につけ手をすりあわせて拝む純朴な島の子どもたち（餓鬼）を描く。

平地の寺のうすき藪垣

「平地」とは山のない平らな土地。芭蕉たちが今いる深川一帯の埋め立て地がまさにそうだった。

算用に浮世を立つる京ずまひ

京の人々は江戸と違って何ごとにつけても算用高く、無駄遣いをしないでつつましく暮らしている。

壁をたゝきて寐せぬ夕月

江戸の長屋の月見である。

ちらばらと米の揚場の行戻り

諸国の米が運ばれてくる隅田川沿いの船着き場。秋以外は人通り（行戻り）も少なく（ちらばらと）静かなもの。

こうみてくれば、芭蕉の『猿蓑』時代からの変貌は明らかだろう。ここから浮んでくるのは野坡らの、いわば商人の算盤勘定に合わせて歌仙を捌く芭蕉であり、その一方で無理をして古典から離れようとしている芭蕉である。これは芭蕉にとってだけでなく、言葉自体にとっても自殺行為ではないのか。

言語は虚に居て実をおこなふべし。実に居て虚にあそぶ事は難し。（支考「陳情の表」）

この芭蕉の言葉にしたがって分類すれば、野坡らこのときの連衆もやはり「実に居て虚にあそぶ」人々だったといわざるをえない。かれこれ十年前、『冬の日』の歌仙を巻いた名古屋の連衆たちもそうだった。彼らにとっては歌仙も俳句も富裕な商人の趣味にすぎなかった。同じように野坡ら越後屋の手代たちがいかに熱心であったとしても、所詮、勤め人の気晴らしである。とすれば、このとき芭蕉だけが「虚に居て」、野坡たち「実に居て虚にあそぶ」人々の相手をしていたことになるだろう。

「振売の巻」の発句に戻れば、本来和歌の題材であった「雁」が今や振売の棒の先にぶらさがる「雁」に成り果ててしまっている。「振売の雁」とはこのときの芭蕉の戯画にほかならない。このことを芭蕉は気づいていなかったかもしれないが、言葉はときどき本人さえ知らないその人の姿をいみじくも映し出すのである。

では、なぜ芭蕉はみずから「振売の雁」となることを選んだのか。芭蕉は何を考えていたか。この問題に答えるには少々時をさかのぼらなければならない。

## 4

芭蕉は太平の世の人である。一六四四年（寛永二十一）生まれといえば、天下分け目の関ヶ原の合戦から半世紀近く、江戸時代最後の内乱、島原の乱からも七年後、今でいえば戦後生まれの「戦争を知らない子ども」だった。

昭和戦争や東日本大震災のような戦争や災害が起こると多くの人の命が失われる。戦国時代もそうだったが、戦争や震災時には人々は大きな死の影におびえる。しかし人は戦争や震災だけで死ぬのではない。平和な時代にも刻々と人は死んでゆく。太平の世を生きるということは今も昔もこの慢性的で日常化した死と向き合うということなのだ。芭蕉を悩ませ、苦しめたのも太平の世のこの慢性化した死であり、人々との日常的な別れだった。

一六八九年（元禄二）春、芭蕉は深川の芭蕉庵を発って陸奥（みちのく）、出羽、北陸をめぐり、秋、美濃の大垣にたどりついた。この旅を題材にした『おくのほそ道』は単なる紀行文学ではなく、芭蕉の心の遍歴を写した文学である（七一ページ）。芭蕉を生涯悩ませた日常的な死や別れにどう向かえばいいかという大問題を大きな主題としている。じっさいの旅に心の旅を重ねてつづった、それが『おくのほそ道』なのだ。

芭蕉のこの問題意識は物語がはじまってすぐ、見送りの江戸の門弟や友人たちと千住で別れるところで示される。

行《ゆく》春《はる》や鳥啼《なき》魚の目は泪《なみだ》

鳥は啼き、魚は涙を流しているように、私は君たちとの別れを嘆き悲しむしかないのかという重い句である。

『おくのほそ道』は構成も周到に練られていて、関所を境にして四部に分かれている。その各部の主題とそこで芭蕉が得たものをまとめると次のようになる。

| | 区間 | 主題 | 成果 |
|---|---|---|---|
| 第一部 | 深川―那須野 | 長旅に備えた禊 | |

第二部　白河の関―平泉　みちのくの歌枕めぐり　時の無常
第三部　尿前の関―越後路　宇宙の旅　不易流行
第四部　市振の関―大垣　浮き世帰り　かるみ

芭蕉は当初みちのくの歌枕を訪ねるために『おくのほそ道』の旅を思い立った。冒頭の部分から引用すると、

春立《たて》る霞《かすみ》の空に、白川《しらかは》の関こえんと、そゞろ神の物につきて心をくるはせ、道祖神のまねきにあひて取《とる》もの手につかず、もゝ引の破《やぶれ》をつゞり、笠の緒《を》付《つけ》かえて、三里に灸《きう》すゆるより、松島《まつしま》の月先《まづ》心にかゝりて、住《すめ》る方は人に譲り、杉風《さんぷう》が別墅《べつしよ》に移るに、

ここに「白川の関こえんと」「松島の月先心にかゝりて」とあるとおりである。そのみちのくの旅をつづる第二部（白河の関～平泉）では、破壊され、どこにあるかさえわからない歌枕の惨状を目の当たりにして芭蕉は恐るべき時間の猛威に打ちひしがれた。芭蕉がそれを記しているのは「壺の碑」のくだりである。

むかしよりよみ置《おけ》る哥枕《うたまくら》おほく語伝ふといへども、山崩《やまくづれ》、川流《ながれ》て、道あらたまり、石は埋《うづもれ》て土

にかくれ、木は老《おい》て若木《わかき》にかはれば、時移り、代《よ》変じて、其跡《その》たしかならぬ事のみを、爰《ここ》に至りて疑《うたがひ》なき千歳《せんざい》の記念《かたみ》、今眼前に古人の心を閲《えつ》す。行脚の一徳、存命の悦び、羇旅《きりょ》の労をわすれて、泪《なみだ》も落《おつ》るばかり也。

芭蕉はここですべてを押し流してゆく「時の無常」について語っている。この第二部の最後におかれた中尊寺《ちゅうそんじ》光堂の句、

五月雨《さみだれ》の降《ふり》のこしてや光堂

時間の猛威に耐えて奇しくも残った光堂をたたえるこの句も、裏返せば光堂のみを残して時間がすべてを侵食してしまったという嘆きの句である。ここで五月雨は時間そのものの卓抜な比喩だろう。

この非情な時間の激流をどのように生きていけばいいか。これが平泉を去って『おくのほそ道』後半（第三、四部）、日本海側をたどる芭蕉の胸にあった思いだろう。

第三部（尿前の関〜越後路）がはじまって間もなく、立石寺《りっしゃくじ》の山上で詠んだ句は『おくのほそ道』だけでなく、芭蕉の人生にとっても最大の転機となった。

閑《しづか》さや岩にしみ入《いる》蟬《せみ》の声

今も空中に張り出した立石寺の五大堂のテラスに立てばわかるとおり、この句は芭蕉が岩に染み入るように鳴きしきる蟬の声を聞きながら、忽然と宇宙の閑かさに目覚めた句である。これを境にして月、太陽、星という荘厳な天体の名句が文字どおりきら星のように並ぶ。

涼しさやほの三か月の羽《は》黒《ぐろ》山《さん》　（月）
雲の峰幾《いく》つ崩《くづれ》て月の山　（月）
暑き日を海にいれたり最《も》上《がみ》川《がは》　（太陽）
文《ふみ》月《づき》や六日も常の夜には似ず　（星）
荒《あら》海《うみ》や佐《さ》渡《ど》によこたふ天河《あまのがは》　（星）

これらの句の前に尾花沢《おばなざわ》で詠んだ紅花の句を入れてもいい。尾花沢のある最上地方の特産物が紅花だった。尾花沢に集められた紅花は舟で最上川を下り、河口の酒田《さかた》へ送られた。酒田からは北前船で日本海を通って大坂、京へ運ばれた。

まゆはきを俤《おもかげ》にして紅粉《べに》の花

尾花沢の紅花商人、清風のもとで詠んだこの句は紅花が都へ運ばれて女たちの顔を彩る紅になることを踏まえ、紅花の形が化粧道具の眉掃き（眉についた白粉を落とすための小さな刷毛）に似ていることを「まゆはきを俤にして」といっている。

しかしこの句はそれだけではなく、太陽の讃歌でもあるだろう。紅花は染料や化粧品の原料である前に、太陽の花だからである。形は野薊《のあざみ》に似ていて、色は向日葵《ひまわり》と同じ黄色である。光を放つ太陽のような花なのだ。

最上川は山形県と福島、新潟県境の山地に源を発し、山形一県を流れくだる大河である。上流は南から北へ流れるが、中流の尾花沢のあたりで向きを変えて西へ向かい酒田で日本海に注ぎ入る。中流以下の最上川は東から西へ、太陽の道に沿って流れている。芭蕉と曾良が舟下りをしたのはこの中流域である。芭蕉にとって最上川は東から西へ太陽とともに流れる川だった。

この最上川の地図に尾花沢での紅花の句をおけば、河口の酒田で日本海に沈む太陽を詠んだ「暑き日を」の句と好一対になるだろう。最上川の中流に昇る朝日と河口に沈む夕日のように。

この第三部の主題である「宇宙の旅」は月山《がつさん》のくだりに書いてある。

八日、月山にのぼる。木綿《ゆふ》しめ身に引《ひき》かけ、宝冠《ほうくわん》に頭《かしら》を包《つつみ》、強力《がうりき》と云ものに道びかれて、雲《うん》霧《む》山気《さんき》の中に氷雪を踏《ふみ》てのぼる事八里、更に日月行道《にちぐわちぎやうだう》の雲関《うんかん》に入かとあやしまれ、息絶《たえ》身こゞえて、頂上に臻《いた》れば、日没《ぼっし》て月顕《あらは》る。笹を鋪《しき》、篠を枕として、臥《ふし》て明《あく》るを待。日出て雲消《きゆ》れば、湯殿《ゆどの》に下る。

「日月行道の雲関に入かとあやしまれ」とは、太陽や月の運行する宇宙の門（日月行道の雲関）に入っていくような気がして、というのだ。

大空をめぐる天体を仰ぎ、宇宙をたどるかのような第三部の旅をつづけながら、芭蕉はあることに気づいた。月は満ち欠け、太陽や星はめぐるように宇宙はたえず動いているものの、大きな目で眺めれば何ひとつ変わることなくしんと静まっているではないか。これが「不易流行」という芭蕉の宇宙観である。

「不易流行」はしばしばこの世には不易なもの（変わらないもの）と流行するもの（変わるもの）があるという二分法と誤解されがちだが、そうではない。ほんとうは宇宙は流行しながらも不易であるという宇宙観である。宇宙は人の小さな目で眺めるなら流行であり、宇宙の大きな目で眺めれば不易なのだ。

この壮大な第三部から打って変って、最終の第四部（市振の関〜大垣）では人の世の別れが次々に描かれる。遊女との別れ（市振）、一笑との死別（金沢）、曾良との別れ（山中〜全昌寺）、大垣での門弟たちとの別れというふうである。

この人々の別れに「不易流行」の宇宙観が重なって「かるみ」は誕生した。人間界は出会いと別れを繰り返す定めない浮き世だが、それは変わるとみえて変わらない宇宙の一現象である。それならば何も嘆くことはないではないか。宇宙という大きな視点から生老病死の苦しみに満ちた人間界を眺める。はかない人の世に対するこの姿勢こそが「かるみ」だった。

「かるみ」とはまず何よりもこの世の人の死や別れにどう向かい合うかという芭蕉の人生観だった。このことを忘れてはならない。いいかえれば「かるみ」は平和な時代をどう生きるか、日常的な死や別れにどう向かい合えばいいかという当時の誰もが抱えていた難問への芭蕉の回答だった。付け加えれば、あの愚かな昭和戦争が終わって七十年後の平和な時代を生きている現代人へのはるかな啓示でもある。

『おくのほそ道』の最後におかれた大垣での別れの一句、

蛤のふたみにわかれゆく秋ぞ

蛤が蓋と身に引き裂かれるように、きょうは君たちと別れて伊勢の二見へと旅立ってゆく。この句を旅の初めの「行春や」の句と比べれば、同じ別れを詠みながら、この句の大らかさ、また軽やかさは誰の目にも明らかだろう。

人の世の別れに対する芭蕉の心境が『おくのほそ道』の初めと終わりで大きく変わってしまっているのだ。蛤の句の軽やかさの背景には『おくのほそ道』の旅で変貌をとげた芭蕉の人生観があるとみなければならない。

## 5

人生観とは人生に対する見方だが、作家の場合、人生のみならず作品にも影響が及ぶ。そこが人生観の厄介なところでもある。芭蕉の場合も例外ではなかった。

宇宙という大きな視点から人間界を眺める。これが本来の「かるみ」という人生観だが、芭蕉はあるときから「かるみ」を俳諧（歌仙）や発句（俳句）にも求めるようになった。その萌芽は『おくのほそ道』の旅の途中からすでにみられる。

加賀の山中温泉で曾良、北枝の二人と巻いた歌仙「山中三吟」（七三ページ、巻末参照）を思い出してほしい。この歌仙は「翁直しの一巻」とも呼ばれるとおり芭蕉の直しや評を北枝が書きとめている。そのなかに次の直しがある。表六句（初折の表）の四句目、

鞘ばしりしを友のとめけり　北枝

「とも」の字おもしとて、「やがて」と直る

北枝が「鞘ばしりしを友のとめけり」という句を出したところ、芭蕉は「友」が「おもし」

（重し）といって「やがて」と直したというのだ。ここで芭蕉は「かるみ」の反対である「おもし」という言葉を使っている。「おもし」とは重くれている、重苦しいという意味である。原句の「友の」より「やがて」とするほうが「かるみ」があるというのである。

このように芭蕉はかなり早い時期から歌仙や発句の言葉に「かるみ」を求めるようになった。しかし一語一語の軽重より、言葉にとって何が重いかといえば、言葉が下敷きにする古典ほど重いものはない。古典を踏まえる言葉は『伊勢物語』や『源氏物語』や和歌の数々を十二単の裾のように引きずることになることを考えれば、芭蕉が古典から離れようと企てるのは時間の問題だったろう。

それは『おくのほそ道』の旅が終わると、すぐにはじまった。大垣で旅を終えた翌年一六九〇年（元禄三）初夏、近江の幻住庵に入るが、そこを拠点にして京の去来、凡兆と俳諧選集『猿蓑』の編集にとりかかる。この『猿蓑』で駆使された面影という手法（八九ページ）は、それ以前『冬の日』でみられたこれみよがしの古典の引用（一五三ページ）に比べれば、古典離れの第一歩であったということができる。

この『猿蓑』の面影という手法をさらに進めたのが、じつは『炭俵』だった。そのために重要なのはどんな人を連衆にするかである。『冬の日』の名古屋の商人たちは古典をひけらかすくらいの知識はあった。『猿蓑』の京の知識人たちは精通とまではゆかなくても相当くわしかった。

そこで芭蕉が『炭俵』の連衆にしたのが野坡ら越後屋の手代たちだったのである。彼らは日常生活で古典に接する機会が少なく、知識も乏しかった。為替、相場、物価などの経済問題に関心のある人々だった。芭蕉にとって古典離れを進めるには絶好の相手だった。

こうして『炭俵』は完成した。ここから眺めるなら『冬の日』は露骨な、『猿蓑』は重厚な古典主義の世界だったといわなければならない。

しかし『炭俵』での古典離れの試みは芭蕉にとっての自殺行為であったばかりでなく、言葉自体の自殺であった。というのは古典とは言葉にとって記憶そのものであるからである。人間に脳という記憶装置があり、人類に書物、都市に図書館という記憶装置があるように、ひとつひとつの言葉もまた記憶の集積である。言葉が記憶しているもの、それこそ言葉が使われてきた来歴つまり古典なのである。

記憶を失った人間が虚ろであるように、記憶を失った人類も都市もまた虚ろである。同様に記憶を失った言葉、いいかえればものを指示するだけの記号と化した言葉などまっとうな言葉とはいえない。

芭蕉が『炭俵』で試みた古典離れがいかに無謀な挑戦だったか、いかに苦しい戦いであるかを身にしみて知っていたのは芭蕉その人だったはずである。編集がはじまって半年後の一六九四年(元禄七)夏、芭蕉は『炭俵』の最終点検をすることもなく、大坂へ旅立ってしまう。このとき芭蕉はすでに憔悴の体であり、その年の冬に大坂で亡くなる。それが芭蕉の最後の旅だった。

たとえ歌仙や俳句に人生と同じように「かるみ」を求めるとしても、芭蕉は問題の立て方を誤っていたのではないか。『炭俵』は性急に古典から離れよう、いいかえれば古典を封じようとしたのだが、そうではなく「かるみ」のもとに古典をどう生かすか、『猿蓑』の面影という手法をさらに進めた古典との新しい関係をどう築くかが問題ではなかったのか。

## 6

芭蕉が求めるはずだったこの古典との新しい関係が、奇蹟的に最後の旅の間に、それも一六九四年（元禄七）十月十二日の死の直前、病の床の芭蕉に訪れる。枯野を照らす小春日和のように。その少し前から眺めてみよう。芭蕉は九月九日の重陽の節句に奈良を発って大坂に入った。その翌日から寒気に襲われる。

此《この》道《みち》や行《ゆく》人《ひと》なしに秋の暮
此《この》秋は何で年よる雲に鳥

「此道や」の句は九月二十三日の作。秋も暮果て、私が歩いてきたこの道を行こうとする人は誰もいない。「此秋は」の句は二十六日の作。曇り空をさまよう鳥を見るにつけても、この秋はなぜこんなにも老けこんだ感じがするのだろうか。どちらも老いと孤独に苛まれる芭蕉の心の風景である。

ところが、その翌日二十七日にはこんな句を詠んでいる。

しら菊の目に立てゝ見る塵もなし

園女《そのめ》（一六六四―一七二六）という大坂の女弟子のもとで開かれた歌仙の発句。句意は明らかだが、西行の歌から言葉を借りている。

くもりなき鏡の上にゐる塵を目に立てて見る世とおもはばや

芭蕉の句の「目に立てゝ見る塵」は西行の歌の「塵を目に立てて見る」からきているが、たとえこの歌を知らなくてもこの句をわかるには何の支障もない。古典（ここでは西行の歌）との関係が『猿蓑』時代の面影という手法よりいっそう淡くなっている。さらに、

秋深き隣は何をする人ぞ

翌二十八日の作。この日、芝柏《しはく》という門弟のもとで歌仙の会があったが、芭蕉は出席できず、この発句を送り届けた。秋も深まり、誰もいないかのようにしんと静まり返った隣（秋深き隣）の人は何を思っているだろうか。

この句も意味は明らかだが、じつは杜甫の詩を踏まえている。

　崔氏《さいし》の東山《とうざん》の草堂
愛す　汝の玉山《ぎょくさん》草堂の静かなるを
高秋の爽気《そうき》は相鮮新《あいせんしん》なり
時有りてか自《おの》ずから発す　鐘磬《しょうけい》の響き
落日に更《さら》に見る　漁樵《ぎょしょう》の人
盤には剝《は》ぐ　白鴉《はくあ》谷口《こくこう》の栗《りつ》
飯には煮る　青泥坊底《せいでいぼうてい》の芹《せり》
何為《なんす》れぞ西荘《せいそう》の王給事《おうきゅうじ》
柴門《さいもん》は空しく閉じて松筠《しょういん》を鎖ざすや

このとき杜甫は長安近郊の藍田山《らんでんさん》にある友人の山荘（崔氏の東山の草堂、玉山草堂）に招かれていた。安禄山の乱がようやく治まり、都にもつかの間の平穏が訪れていたときのことである。

この詩で杜甫は山荘の静けさと野趣あふれる料理をたたえたあと、最後の二行をこう結ぶ。西隣の山荘の王さんはいったいどうしたというのだろう。こんなすばらしい秋の日に枝折り戸をひっそりと閉ざし、庭の松や竹を閉じこめているなんて。

この「王給事」は詩人の王維《おうい》（七〇一—七六一）。彼は玄宗皇帝の給事中（皇帝の命令を下官に伝える要職）だったのでそう呼ぶのだが、杜甫がいま招かれている崔氏の山荘の西隣に輞川荘《もうせんそう》という広大な山荘を所有していた。ところが、安禄山の乱の最中、捕虜となり、しばらく反乱軍に仕えさせられる。その罪で乱の沈静後、謹慎の身となり、山荘も閉ざされていた。

芭蕉の「秋深き」の句はこの杜甫の詩を踏まえるどころか、俳句への焼き直しのようなものである。注目すべきは芭蕉の句は杜甫の詩を知らなくても通じるということだろう。この句も古典を下敷きにしながら見た目にはそれがわからないように作ってある。

芭蕉はその翌日から寝こんでしまう。

旅に病《やん》で夢は枯野をかけ廻る

十月八日の句である。意味は一目瞭然であるが、やはり杜甫の詩を踏まえている。冬になれば根が枯れて毬のように荒野を転げまわる「飄蓬《ひょうほう》」根なし蓬《よもぎ》を、杜甫は放浪をつづける自分自身の比喩としてしばしば詩に描いた。芭蕉の句の「夢は枯野をかけ廻る」はまさにこの「飄蓬」の姿だろう。ここでも芭蕉は杜甫の詩の言葉を下敷きにしているわけだが、それを意識しなくてもわかるようにこの句は作られている。
芭蕉が本来求めているはずだった古典との新しい関係が死を目前にして姿を見せはじめていた。それは『猿蓑』時代の面影という手法をさらに洗練したものだった。『炭俵』の古典離れではなく、これこそ歌仙や発句における「かるみ」というべきものだったろう。芭蕉はこの句の四日後、十月十二日夕、永遠の旅人となる。
芭蕉は最後の旅で江戸を発つ前、次のように語ったという。弟子の子珊《しさん》（?—一六九九）が編んだ俳諧選集『別座鋪《べつざしき》』の序文に書き残されている。

今思ふ躰は浅き砂川を見るごとく、句の形、付心《つけごころ》ともに軽きなり。

ここにある「浅き砂川を見るごとく」とは死の床で詠まれたいくつかの句にこそふさわしい。これが芭蕉の風雅の最後の姿だった。

## 7

芭蕉の死後の展開についてみておきたい。

芭蕉の死（一六九四、元禄七）から数年たって二冊の本が出版された。ひとつは「芭蕉七部集」の最後の選集『続猿蓑』（一六九八、元禄十一）であり、もうひとつは『おくのほそ道』（一七〇二、元禄十五）である。

『続猿蓑』は芭蕉晩年の門人、沾圃（一六六三—一七四五、宝生流能役者）があらかじめ選したものを芭蕉が最後の旅の途上、伊賀上野で支考（一六六五—一七三一）の助けを得て仕上げた。『炭俵』風を受け継ぐ古典離れの選集である。

芭蕉の死後、支考は『炭俵』、そしてこの『続猿蓑』風の俳諧を全国に広めることになる。支考の一門は故郷の美濃に本拠をおき、美濃派と呼ばれる俳諧の大流派に成長する。

美濃派の最大の特長は『炭俵』『続猿蓑』風の古典離れの句風にあった。裏を返せば古典の教養がなくても俳諧（歌仙）が巻け、発句（俳句）が詠めるということであり、美濃派が全国に広まった理由はここにあるだろう。浄土真宗は教えを確立した親鸞（一一七三—一二六二）とそれを広めた蓮如《れんにょ》（一四一五—九九）がいて最大の仏教教団になった。芭蕉が親鸞に当たるとすれば蓮如に当たる活動家が支考である。

百年後、この美濃派の俳諧が全国にゆきわたった、まさにその土壌から一茶《いっさ》（一七六三—一八二七）が現われる。近世の俳句の歴史を語るとき、しばしば芭蕉—蕪村《ぶそん》—一茶という系譜が描かれるが、晩年の芭蕉が『炭俵』で挑んだ古典離れという観点からみれば、それを継承し発展させたのは蕪村ではなく支考であり、美濃派であり、一茶だったといわなければならない。

芭蕉は『炭俵』で古典離れを試みたものの古典の教養が足かせとなって果たせなかった。古典離れをやってのけるには芭蕉と違って古典の教養のない野蛮人の出現を待つしかなかったのである。

一茶は信濃の農家に生まれ、芭蕉に比べれば古典の素養では雲泥の差があった。古典離れをするまでもなく、一茶ははじめから古典を頼りにできなかったし、頼りにしなかった。

白魚のどつと生る、おぼろ哉
天に雲雀《ひばり》人間海にあそぶ日ぞ
花の陰《かげ》寝まじ未来が恐しき
大《おお》螢《ほたる》ゆらり〱と通りけり
しづかさや湖水の底の雲のみね
涼《すず》風《かぜ》の曲りくねつて来たりけり
下々も下々下々の下《げ》国《こく》の涼しさよ
うつくしやしやうじの穴の天の川

一茶の句は読者に古典の知識を求めない。その結果、芭蕉の句と違ってのびのびとした空気がある。「しづかさや」の句は芭蕉の、

閑さや岩にしみ入蟬の声

この句を意識しているはずだが、それは芭蕉が典拠とした王朝、中世の大古典ではなく、同じ近世の一俳諧師の一句である。しかも芭蕉のこの句を知らなくても一茶の句の鑑賞に支障はない。それが一茶であり、一茶の俳句だった。

一方、蕪村（一七一六―八三）は十八世紀の京の教養人であり、芭蕉には及ばなくても古典の造詣が深かった。古典離れという芭蕉晩年の志を引き継げる人ではない。むしろ近世俳句史の傍系の人と考えるほうがいい。

西洋ではアメリカ独立戦争（一七七五―八三）、次いでフランス革命（一七八七―九九）が起こった一茶の時代、ユーラシア大陸の東端の島国では古典の知識のあるなしにかかわらず誰でも俳句が詠める、いわば俳句の近代がはじまっていたのである。ここから明治の正岡子規（一八六七―一九〇二）の俳句革新まではほんの一歩だろう。

昭和戦争の敗戦後、日本の民主化とともに俳句は大衆化の時代に入り、今や数の上では未曾有の盛況を呈している。しかし、その代償として失ったものも少なくない。俳句の大衆化、誰でも俳句が詠めるということは「実に居て虚にあそぶ」人々が大量に出現するということにほかならないからである。この圧倒的な数の現象が「虚に居て実をおこなふ」べき俳句の質を変えてゆくことになる。

まさに「実に居て虚にあそぶ事は難し」。現代は俳句にとってじつは困難な時代なのである。はたしてこのような時代に芭蕉が体現した風雅の世界はどのような姿をとるのか。晩年の芭蕉を苦しめた問題はそのまま現代の俳句が抱える問題でもある。

# 本文中の歌仙

「鳶の羽の巻」「市中の巻」「梅若菜の巻」（以上『猿蓑』）、「狂句こがらしの巻」（『冬の日』）、「振売の巻」（『炭俵』）は『芭蕉七部集』（新日本古典文学大系70　岩波書店）を、「山中歌仙」（『やまなかしう』）は『元禄俳諧集』（新日本古典文学大系71　岩波書店）をもとに適宜修正した。

# 鳶《とび》の羽《は》の巻

【初折の表】

鳶の羽も刷《カイツクロヒ》ぬはつしぐれ　去来（冬）

一《ひと》ふき風の木《こ》の葉しづまる　芭蕉（冬）

股《もも》引《ひき》の朝からぬるゝ川こえて　凡兆（雑）

たぬきをゝどす篠《しの》張《はり》の弓　史邦（雑）

まいら戸《ど》に蔦《つた》這《はひ》かゝる宵の月　蕉（秋・月）

人にもくれず名物の梨《なし》　来（秋）

【初折の裏】

かきなぐる墨《すみ》絵《ゑ》おかしく秋暮《くれ》て　邦（秋）

はきご丶ろよきめりやすの足袋《たび》　兆（雑）

何事《なにごと》も無言《むごん》の内《うち》はしづかなり　来（雑）

里見え初《そめ》て午《うま》の貝ふく　蕉（雑）

ほつれたる去年《こぞ》のねござのしたゝるく　兆（雑）

芙《ふ》蓉《よう》のはなのはら〳〵とちる　邦（夏）

吸物《すひもの》は先《まづ》出来《でか》されしすいぜんじ　蕉（雑）

三里あまりの道かゝえける　来（雑）

この春も盧《ろ》同《どう》が男居《をとこゐ》なりにて　邦（春）

さし木《き》つきたる月の朧夜《おぼろよ》　兆（春）

苔《こけ》ながら花に並ぶる手水鉢《てうづばち》　蕉（春・花）

ひとり直《なほり》し今朝《けさ》の腹だち　来（雑）

【名残の表】

いちどきに二日《ふつか》の物も喰《くう》て置《おき》　兆（雑）

雪げにさむき島の北風　邦（冬）

火ともしに暮《くる》れば登る峰の寺　来（雑）

ほと丶ぎす皆鳴《なき》仕《し》舞《まひ》たり　蕉（夏）

痩《そう》骨《こつ》のまた起《おき》直《なほ》る力なき　邦（雑）

隣をかりて車引《ひき》こむ　兆（雑）

うき人《ひと》を枳《き》殻《こく》垣《がき》よりくゞらせん　蕉（雑・恋）

いまや別《わかれ》の刀さし出す　来（雑・恋）

せはしげに櫛《くし》でかしらをかきちらし　兆（雑）

おもひ切《きつ》たる死《しに》ぐるひ見よ　邦（雑）

青《せい》天《てん》に有《あり》明《あけ》月《づき》の朝ぼらけ　来（秋・月）

湖水の秋の比《ひ》良《ら》のはつ霜　蕉（秋）

**【名残の裏】**

柴の戸や蕎《そ》麦《ば》ぬすまれて歌をよむ　邦（秋）

ぬのこ着《き》習《なら》ふ風の夕ぐれ　兆（冬）

押《おし》合《あう》て寝ては又立つかりまくら　蕉（雑）

たゝらの雲のまだ赤き空　来（雑）

一《ひと》構《かまへ》鞦《しりがい》つくる窓のはな　兆（春・花）

枇《び》杷《は》の古《ふる》葉《は》に木《この》芽《め》もえたつ　邦（春）

## 市中《いちなか》の巻

【初折の表】

市中は物のにほひや夏の月　凡兆（夏・月）

あつし〳〵と門《かど》〳〵《かど》の声　芭蕉（夏）

二《に》番《ばん》草《ぐさ》取りも果《はた》さず穂に出《いで》て　去来（夏）

灰うちたゝくうるめ一枚　兆（雑）

此《この》筋《すぢ》は銀も見しらず不《ふ》自《じ》由《ゆ》さよ　蕉（雑）

たゞとひやうしに長き脇《わき》指《ざし》　来（雑）

【初折の裏】

草《くさ》村《むら》に蛙《かはづ》こはがる夕まぐれ　兆（春）

蕗《ふき》の芽とりに行灯《あんど》ゆりけす　蕉（春）

道《だう》心《しん》のおこりは花のつぼむ時　来（春・花）

能《の》登《と》の七尾《ななを》の冬は住《すみ》うき　兆（冬）

魚《うを》の骨しはぶる迄の老《おい》を見て　蕉（雑）

待《まち》人《びと》入《いれ》し小《こ》御《み》門《かど》の鎰《かぎ》　来（雑・恋）

立《たち》かゝり屛風《びやうぶ》を倒《こか》す女《をな》子《ご》共《ども》　兆（雑）

湯《ゆ》殿《どの》は竹の簀《すの》子《こ》侘《わび》しき　蕉（雑）

茴《うゐ》香《きやう》の実《み》を吹《ふき》落《おと》す夕嵐　来（秋）

僧やゝさむく寺にかへるか　兆（秋）

さる引《ひき》の猿と世を経《ふ》る秋の月　蕉（秋・月）

年に一斗の地《ぢ》子《し》はかる也　来（冬）

## 【名残の表】

五六本生木《なまき》つけたる潴《ミヅタマリ》　兆（雑）

足《た》袋《び》ふみよごす黒《くろ》ぼこの道　蕉（雑）

追《おつ》たてゝ早き御《お》馬《んま》の刀《かたな》持《もち》　来（雑）

でつちが荷《にな》ふ水こぼしたり　兆（雑）

戸《と》障《しやう》子《じ》もむしろがこひの売《うり》屋《や》敷《しき》　蕉（雑）

てんじやうまもりいつか色づく　来（秋）

こそ〳〵と草《わら》鞋《ぢ》を作る月夜ざし　兆（秋・月）

蚤《のみ》をふるひに起《おき》し初《はつ》秋《あき》　蕉（秋）

そのまゝにころび落《おち》たる升《ます》落《おとし》　来（雑）

ゆがみて蓋《ふた》のあはぬ半《はん》櫃《びつ》　兆（雑）

草庵《さうあん》に暫《しばら》く居ては打《うち》やぶり　蕉（雑）
いのち嬉《うれ》しき撰《せん》集《じふ》のさた　来（雑）

【名残の裏】

さまぐ〵に品《しな》かはりたる恋をして　兆（雑・恋）
浮《うき》世《よ》の果《はて》は皆小《こ》町《まち》なり　蕉（雑・恋）
なに故《ゆゑ》ぞ粥《かゆ》すゝるにも涙ぐみ　来（雑）
御《お》留《る》主《す》となれば広き板《いた》敷《じき》　兆（雑）
手のひらに虱《しらみ》這《は》はする花のかげ　蕉（春・花）
かすみうごかぬ昼のねむたさ　来（春）

## 梅若菜《うめわかな》の巻

餞乙州《をとくに》東武行

### 【初折の表】

梅若菜まりこの宿《しゆく》のとろゝ汁《じる》　芭蕉（春）

かさあたらしき春の曙《あけぼの》　乙州（春）

雲雀《ひばり》なく小《を》田《だ》に土持《もつ》比《ころ》なれや　珍碩（春）

しとぎ祝ふて下《くだ》されにけり　素男（雑）

片《かた》隅《すみ》に虫《むし》歯《ば》かゝえて暮の月　州（秋・月）

二階の客はたゝれたるあき　蕉（秋）

**【初折の裏】**

放《はなち》やるうづらの跡《あと》は見えもせず　男（秋）
稲の葉《は》延《のび》の力なきかぜ　碩（雑）
ほつしんの初《はじめ》にこゆる鈴《すず》鹿《か》山《やま》　蕉（雑）
内《く》蔵《らの》頭《かみ》かと呼《よぶ》声はたれ　州（雑）
卯《う》の刻《こく》の箕《みの》手《て》に並ぶ小《こ》西《にし》方《がた》　碩（雑）
すみきる松のしづかなりけり　男（雑）
萩の札《ふだ》すゝきの札によみなして　州（秋）
雀かたよる百《も》舌鳥《ず》の一《ひと》声《こゑ》　智月（秋）
懐《ふところ》に手をあたゝむる秋の月　凡兆（秋・月）
汐《しほ》さだまらぬ外《そと》の海づら　州（雑）

鑓《やり》の柄《え》に立《たち》すがりたる花のくれ　去来（春・花）
灰まきちらすからしなの跡　兆（春）

【名残の表】

春の日に仕《し》舞《まう》てかへる経《きやう》机《づくゑ》　正秀（春）
店《てん》屋《や》物《もの》くふ供《とも》の手がはり　来（雑）
汗ぬぐひ端《はし》のしるしの紺《こん》の糸　半残（夏）
わかれせはしき鶏《にはとり》の下《した》　土芳（雑・恋）
大《だい》胆《たん》におもひくづれぬ恋をして　残（雑・恋）
身はぬれ紙《がみ》の取《とり》所《どころ》なき　芳（雑）
小《こ》刀《がたな》の蛤《はまぐり》刃《ば》なる細《さい》工《く》ばこ　残（雑）
棚に火ともす大《おほ》年《どし》の夜　園風（冬）

こゝもとはおもふ便《たより》も須磨《すま》の浦　猿雖（雑）
むね打《うち》合《あは》せ着たるかたぎぬ　残（雑）
此《この》夏もかなめをくゝる破《やれ》扇《あふぎ》　風（夏）
醤油《しやうゆ》ねさせてしばし月見る　雖（夏・月）

【名残の裏】

咳《せく》声《こゑ》の隣はちかき縁づたひ　芳（雑）
添へばそふほどこくめんな顔　風（雑）
形なき絵を習ひたる会《あひ》津《づ》盆《ぼん》　嵐蘭（雑）
うす雪かゝる竹の割《わり》下《げ》駄《た》　史邦（冬）
花に又ことしのつれも定《さだま》らず　野水（春・花）
雛《ひな》の袂《たもと》を染《そむ》るはるかぜ　羽紅（春）

## 狂句こがらしの巻

**【初折の表】**

笠《かさ》は長途《ちやうど》の雨《あめ》にほころび、紙衣《かみこ》はとまり〳〵のあらしにもめたり。侘《わび》つくしたるわび人《びと》、我《われ》さへあはれにおぼえける。むかし狂歌《きやうか》の才士《さいし》、此《この》国《くに》にたどりし事《こと》を、不図《ふと》おもひ出《いで》て申侍《まうしはべ》る。

狂句《きやうく》こがらしの身《み》は竹斎《ちくさい》に似《に》たる哉《かな》　芭蕉（冬）

たそやとばしるかさの山茶花《さんざくわ》　野水（冬）

有明《ありあけ》の主水《もんど》に酒屋《さかや》つくらせて　荷兮（秋・月）

かしらの露《つゆ》をふるふあかむま　重五（秋）

朝鮮《てうせん》のほそりすゝきのにほひなき　杜国（秋）

日《ひ》のちり〳〵に野《の》に米《こめ》を刈《かる》　正平（秋）

**【初折の裏】**

わがいほは鷺《さぎ》にやどかすあたりにて　野水（雑）

髪《かみ》はやすまをしのぶ身《み》のほど　芭蕉（雑・恋）

いつはりのつらしと乳《ちち》をしぼりすて　重五（雑・恋）

きえぬそとばにすご〳〵となく　荷兮（雑）

影《カゲ》法《ボウ》のあかつきさむく火《ひ》を焼《たき》て　芭蕉（冬）

あるじはひんにたえし虚《カラ》家《イエ》　杜国（雑）

田《た》中《なか》なるこまんが柳《やなぎ》落《おつ》るころ　荷兮（秋）

霧《きり》にふね引《ひく》人《ひと》はちんばか　野水（秋）

たそかれを横《よこ》にながむる月《つき》ほそし　杜国（秋・月）

となりさかしき町《まち》に下《お》り居《ゐ》る　重五（雑）

二《に》の尼《あま》に近衛《このゑ》の花《はな》のさかりきく　野水（春・花）

蝶《てふ》はむぐらにとばかり鼻《はな》かむ　芭蕉（春）

【名残の表】

のり物《もの》に簾《すだれ》透《すく》顔《かほ》おぼろなる　重五（春）

いまぞ恨《うらみ》の矢《や》をはなつ声《こゑ》　荷兮（雑）

ぬす人《びと》の記念《かたみ》の松《まつ》の吹《ふき》おれて　芭蕉（雑）

しばし宗祇《そうぎ》の名《な》を付《つけ》し水《みづ》　杜国（雑）

笠《かさ》ぬぎて無理《むり》にもぬるゝ北時雨《きたしぐれ》　荷兮（冬）

冬《ふゆ》がれわけてひとり唐苣《たうちさ》　野水（冬）

しら〴〵と砕《くだ》けしは人《ひと》の骨《ほね》か何《なに》　杜国（雑）

烏賊《いか》はゑびすの国《くに》のうらかた　重五（雑）

あはれさの謎《なぞ》にもとけじ郭公《ほととぎす》　野水（夏）

秋《しう》水《すい》一《いっ》斗《と》もりつくす夜《よ》ぞ　芭蕉（秋）

日《じつ》東《とう》の李《り》白《はく》が坊《ばう》に月《つき》を見《み》て　重五（秋・月）

巾《きん》に木槿《むくげ》をはさむ琵《び》琶《は》打《うち》　荷兮（秋）

**【名残の裏】**

うしの跡《あと》とぶらふ草《くさ》の夕《ゆふ》ぐれに　芭蕉（雑）

箕《み》に鮗《このしろ》の魚《うを》をいたゞき　杜国（雑）

わがいのりあけがたの星《ほし》孕《はら》むべく　荷兮（雑・恋）

けふはいもとのまゆかきにゆき　野水（雑・恋）

綾《あや》ひとへ居《ヲリ》湯《ユ》に志《し》賀《が》の花《はな》漉《こし》て　杜国（春・花）

廊《らう》下《か》は藤《ふぢ》のかげつたふ也《なり》　重五（春）

振売《ふりうり》の巻

神無月《かんなづき》廿日ふか川にて即興

【初折の表】

振売の雁《がん》あはれ也《なり》ゑびす講《かう》　芭蕉（冬）

降《ふつ》てはやすみ時雨《しぐれ》する軒　野坡（冬）

番《ばん》匠《じやう》が樫《かし》の小《こ》節《ぶし》を引《ひき》かねて　孤屋（雑）

片はげ山に月をみるかな　利牛（秋・月）

好《かう》物《ぶつ》の餅を絶《たや》さぬあきの風　野坡（秋）

割《わり》木《き》の安き国の露《つゆ》霜《じも》　芭蕉（秋）

【初折の裏】

網の者近づき舟に声かけて　利牛（雑）

星さへ見えず二十八日　孤屋（雑）

ひだるきは殊《ことに》軍《いくさ》の大《だい》事《じ》也《なり》　芭蕉（雑）

淡《あは》気《ケ》の雪に雑《ざふ》談《たん》もせぬ　野坡（冬）

明《あけ》しらむ籠《かご》挑《てう》灯《ちん》を吹《ふき》消《け》して　孤屋（雑）

肩《けん》癖《べき》にはる湯《ゆ》屋《や》の膏《かう》薬《やく》　利牛（雑）

上《うは》をきの干《ほし》葉《ば》刻《きざむ》もうはの空《そら》　野坡（雑・恋）

馬に出ぬ日は内で恋する　芭蕉（雑・恋）

絈《カセ》買《かひ》の七つさがりを音《おと》づれて　利牛（雑）

塀に門《もん》ある五《ご》十《じつ》石《こく》取《どり》　孤屋（雑）

此《この》島の餓《が》鬼《き》も手を摺《する》月と花　芭蕉（春・花）

砂に暖《ヌクミ》のうつる青《あを》草《くさ》　野坡（春）

【名残の表】

新《しん》畠《ハタ》の糞《こえ》もおちつく雪の上　孤屋（春）

吹《ふき》とられたる笠とりに行《ゆく》　利牛（雑）

川越《かはごし》の帯しの水をあぶながり　野坡（雑）

平《ひら》地《ち》の寺のうすき藪《やぶ》垣《がき》　芭蕉（雑）

干《ほし》物《もの》を日《ひ》向《なた》の方へいざらせて　利牛（雑）

塩出す鴨《かも》の苞《ツト》ほどくなり　孤屋（雑）

算用に浮《うき》世《よ》を立《たつ》る京ずまひ　芭蕉（雑）

又沙汰なしにむすめ産《ヨロコブ》　野坡（雑）

どたくたと大《おお》晦《つご》日《もり》も四つのかね　孤屋（冬）

無《む》筆《ひつ》のこのむ状の跡《あと》さき　利牛（雑）

中《なか》よくて傍《はう》輩《ばい》合《あひ》の借りいらゐ　野坡（雑）

壁をたゝきて寐せぬ夕《ゆふ》月《づき》　芭蕉（秋・月）

【名残の裏】

風やみて秋の鷗《かもめ》の尻《しり》さがり　利牛（秋）

鯉の鳴《なる》子《こ》の綱をひかゆる　孤屋（秋）

ちらばらと米の揚《アゲ》場《ば》の行《ゆき》戻《もど》り　芭蕉（雑）

目《め》黒《ぐろ》まいりのつれのねちみやく　野坡（雑）

どこもかも花の三月中《ちゆう》時《じ》分《ぶん》　孤屋（春・花）

輪《わ》炭《ずみ》のちりをはらふ春《はる》風《かぜ》　利牛（春）

## 山中歌仙

曾良餞
翁直しの一巻

【初折の表】

馬かりて燕《つばめ》追《おひ》行《ゆく》別れかな　北枝（秋）

花野に高き岩のまがりめ　曾良（秋）

「みだる丶山」と直し給ふ。

月はる丶角力《すまふ》に袴《はかま》踏《ふみ》ぬぎて　翁（秋・月）

「月よしと」案じかへ給ふ。

鞘《さや》ばしりしりしを友のとめけり　枝（雑）

「とも」の字おもしとて、「やがて」と直る

青《せい》淵《えん》に獺《うそ》の飛こむ水の音　良（雑）

「二三疋」と直し玉ひ、暫ありて、もとの「青淵」しかるべしと有し。

柴かりこかす峰のさ丶道　翁（雑）

「たどる」とも、「かよふ」とも案じ給ひしが、「こかす」にきはまる。

【初折の裏】

松ふかきひだりの山は菅《すげ》の寺　枝（冬）

「柴かりこかす」のうつり上五文字、「霰降る」と有べしと仰られき。

役者四五人田舎わたらひ　良（雑・恋）

「遊女」と直し。

こしはりに恋しき君が名もありて　翁（雑・恋）

「落書に」と直し給ふ。

髪はそらねど魚くはぬなり　枝（雑）

前句に心ありて感心なりと称し玉ふ。

蓮《はす》のいとゝるもなかく罪ふかき　良（雑）

さもあるべし、曾良はかくの処を得たりと称し玉ふ。

四五代貧をつたへたる門　翁（雑）

「先祖の」と直し玉ふ。

宵月に祭りの上代かたくなし　枝（秋・月）

「有明」と直。

露まづはらふ猟《かり》の弓《ゆみ》竹《たけ》　良（秋）

秋風はものいはぬ子もなみだにて　翁（秋）

我、此句は秀一なりと申ければ、各にも劣らぬ句有と挨拶し玉ふ。

しろきたもとのつゞく葬礼《さうれい》　枝（雑）

花の香に奈良の都の町作り　良（春・花）

「はふるき」と直し給ふ。

春をのこせる玄仍の箱　翁（春）

**【名残の表】**

長閑《のどか》さやしらゝ難波《なにば》の貝多し　枝（春）

「貝づくし」と直る。

銀の小鍋にいだす芹焼《せりやき》　良（雑）

手枕におもふ事なき身なりけり　翁

手まくらに軒の玉水詠め侘　仝

てまくら移りよし。汝も案ずべしと有けるゆへ

手枕もよだれつたふてめざめぬる　枝

てまくらに竹吹わたる夕間暮　仝

手まくらにしとねのほこり打払《うちはら》ひ　翁（雑）

ときはまりはべる。

うつくしかれと覗く覆面《ふくめん》　枝（雑）

つき小《こ》袖《そで》薫《たきもの》うりの古風也　翁（雑）

此句に次四五句つきて、しとねに小袖気味よからずながら直しがたしとて、其儘におき玉ふ。

非《ひ》蔵《くら》人《うど》なるひとのきく畠　仝（秋）

我、此句は三句のわたりゆへ、向へて附玉ふにやと申ければ、うなづき玉ふ。

鴫《しぎ》ふたつ台にのせてもさびしさよ　枝（秋）

はこびよろしと称し給ふ。

あはれに作る三日月の脇《わき》　仝（秋・月）

かくなる句もあるべしとぞ。

初《しよ》発《ほつ》心《しん》草のまくらに旅寝して　翁（雑）

かゝる句は巻ごとにあるものなりと笑ひ玉ふ。

小《を》畑《ばた》もちかし伊勢の神《かみ》風《かぜ》　仝（雑）

疱《はう》瘡《さう》は桑《くは》名《な》日《ひ》永《なが》もはやり過《すぎ》　枝（雑）

対などはかくありたしと称したまふ。

ひと雨ごとに枇《び》杷《は》つはる也　仝（夏）

「雨はれくもる」と直る。

## 【名残の裏】

細ながき仙女の姿たをやかに　翁（雑・恋）

我感心しければ、翁も微笑し給ふ。

あかねをしぼる水のしら波　仝（雑・恋）

仲《なか》綱《つな》が宇《う》治《ぢ》の網《あ》代《じろ》とうち詠《なが》め　枝（冬）

此句も、一巻のかざりなりと笑ひたまふ。

寺に使《つかひ》をたてる口《こう》上《じやう》　仝（雑）

鐘《かね》ついてあそばん花の散《ちり》かゝる　翁（春・花）

「ちらばちれ」と案じ侍れど風流なしとぞ。

酔《すゐ》狂《きやう》人《にん》と弥《や》生《よひ》くれ行《ゆく》　仝（春）

其人の風情をのべたるなり、されど挙句は心得あるべしとしめし玉ふ。

仝＝同

## 芭蕉年譜（年齢は数え年）

**一六〇〇年（慶長五）**
関ヶ原の合戦。
**一六〇三年（慶長八）**
徳川家康、江戸に幕府を開く。
**一六三七年（寛永十四）**
島原の乱。
**一六四二年（寛永十九）**
井原西鶴（—一六九三）生れる。

### 誕　生

**一六四四年（寛永二十一）一歳**
伊賀国上野（三重県伊賀市）赤坂町で松尾与左衛門、梅の次男として生まれる。幼名、金作。兄一人、姉一人、妹三人

一六五三年（承応二）十歳
貞徳（一五七一―）死去。近松門左衛門（―一七二四）生まれる。
一六五六年（明暦二）十三歳
父死去。

## 貞門時代

一六六二年（寛文二）十九歳
このころから津藩伊賀付侍大将、藤堂新七郎義精の嫡男良忠（俳号蟬吟）に仕え、忠右衛門宗房と名乗る。貞門俳諧選集『小夜中山集』に二句入集。
一六六六年（寛文六）二十三歳
蟬吟死去、二十五歳。
一六七二年（寛文十二）二十九歳
初の著作である俳諧選集『貝おほひ』を伊賀上野の天満宮に奉納。
一六七四年（延宝二）三十一歳
季吟から俳諧秘伝書『誹諧埋木』を伝授される。

## 談林時代

一六七五年（延宝三）三十二歳

江戸に下る（東下）。宗因歓迎の百韻に参加。

**一六七八年**（**延宝六**）**三十五歳**

俳諧宗匠として独立（立机）。

**一六八〇年**（**延宝八**）**三十七歳**

『桃青門弟独吟二十歌仙』刊行。あまたの優秀な門弟を擁して江戸俳壇に勢力を確立。「枯枝に烏のとまりたるや秋の暮」。杉風の支援を受けて江戸深川に転居（深川隠棲）、泊船堂（のちの芭蕉庵）と号する。仏頂和尚に参禅。

**一六八一年**（**天和元**）**三十八歳**

門人から芭蕉の株を贈られる。

**一六八二年**（**天和二**）**三十九歳**

芭蕉と号する。談林派を率いた宗因（一六〇五―）死去。八百屋お七火事で深川の芭蕉庵焼失。

**一六八三年**（**天和三**）**四十歳**

『みなしぐり』（虚栗）刊行。芭蕉庵を再建。

**一六八四年**（**貞享元**）**四十一歳**

『野ざらし紀行』の旅。『冬の日』刊行。

## 蕉風時代

**一六八六年**（**貞享三**）**四十三歳**

蕉風開眼の一句「古池や蛙飛こむ水のおと」を詠む。『はるの日（春の日）』刊行。
**一六八七年**（**貞享四年**）**四十四歳**
『鹿島詣』の旅。『笈の小文』の旅。
**一六八八年**（**元禄元**）**四十五歳**
『笈の小文』の旅続く。伊賀上野で「さま〳〵の事おもひ出す桜かな」を詠む。『更科紀行』の旅。江戸に帰る。
**一六八九年**（**元禄二**）**四十六歳**
『あら野』（曠野）刊行。「枯枝に烏のとまりたるや秋の暮」（一六八〇年）の句、「かれ朶に烏のとまりけり秋の暮」と改まる。『おくのほそ道』の旅。立石寺で「閑さや岩にしみ入蟬の声」を詠む。大垣到着。
**一六九〇年**（**元禄三**）**四十七歳**
近江膳所の幻住庵に入る。『幻住庵記』を書く。『ひさご』刊行。
**一六九一年**（**元禄四**）**四十八歳**
京の西郊嵯峨の落柿舎に滞在。『嵯峨日記』成る。『猿蓑』刊行。江戸に帰る。
**一六九二年**（**元禄五**）**四十九歳**
支考『葛の松原』刊行。
**一六九四年**（**元禄七**）**五十一歳**
素龍が清書した『おくのほそ道』が完成。最後の旅へ。『すみだはら（炭俵）』刊行。大坂で病に倒れる。「旅に病で夢は枯野をかけ廻る」。十月十二日、死去。遺体は舟で淀川を上り、近江膳所の義仲寺に葬られた。

## 没後

**一六九八年（元禄十一）**
『続猿蓑』刊行。

**一七〇二年（元禄十五）**
遺言で去来に渡った『おくのほそ道』刊行。

**一九四三年（昭和十八）**
曾良の『随行日記』出現。

**一九九六年（平成八）**
芭蕉自筆の『おくのほそ道』出現。

# あとがき

芭蕉の「虚と実」についての本を、という話を筑摩書房の磯知七美さんにいただいてから、早くも十年近い歳月が流れてしまった。ここに『芭蕉の風雅』一冊を書き終え、どうにか約束を果たすことができて、しばし安堵している。

この本では「芭蕉七部集」のうち『冬の日』『猿蓑』『炭俵』の三冊について違いを鮮明にするよう心がけた。「芭蕉七部集」ではなく、この三冊を「芭蕉三部集」とするほうが芭蕉の姿がよくみえる。それにつけても、あと一年の命が許されていたら芭蕉の風雅の世界は、はたしてどう展開していただろうか。

本文に書いたとおり、古典とは言葉の記憶である。記憶を失くした言葉は言葉の亡骸にすぎない。どのような時代が訪れようと、人類が言葉の生き物であるかぎり、これは変わらないだろう。言葉の記憶とどうつきあうか。芭蕉が抱えていた問題を今を生きる自分自身の問題として読んでいただければ幸いである。

二〇一五年八月十八日

長谷川　櫂

## 長谷川櫂（はせがわ・かい）

一九五四年熊本県生まれ。東京大学法学部卒。読売新聞記者を経て、創作活動に専念。「朝日俳壇」選者、サイト「一億人の俳句入門」で「ネット投句」「うたたね歌仙」主宰、「季語と歳時記の会（きごさい）」代表、俳句結社「古志」前主宰、東海大学特任教授。『俳句の宇宙』で第十二回サントリー学芸賞受賞。第五句集『虚空』により第五十四回読売文学賞を受賞。句集以外の著書に、『日本人の暦』（筑摩選書）、『「奥の細道」をよむ』『花の歳時記』（ちくま新書）、『俳句の宇宙』『古池に蛙は飛びこんだか』（中公文庫）、『俳句的生活』『四季のうた（シリーズ）』（中公新書）、『一億人の俳句入門』（講談社）、『一億人の「切れ」入門』（角川学芸出版）などがある。

筑摩選書 0121

芭蕉《ばしょう》の風雅《ふうが》——あるいは虚《きょ》と実《じつ》について

二〇一五年一〇月一五日　初版第一刷発行

著者　長《は》谷《せ》川《がわ》櫂《かい》

発行者　山野浩一

発行所　株式会社筑摩書房
東京都台東区蔵前二-五-三　郵便番号　一一一-八七五五
振替　〇〇一六〇-八-四一二三

装幀者　神田昇和

印刷 製本　中央精版印刷株式会社



乱丁・落丁本の場合は左記宛にご送付ください。

送料小社負担でお取り替えいたします。

ご注文、お問い合わせも左記へお願いいたします。

筑摩書房サービスセンター
さいたま市北区櫛引町二-六〇四　〒三三一-八五〇七　電話　〇四八-六五一-〇〇五三

 ISBN978-4-480-01627-0 C0392

筑摩選書
0009

# 日本人の暦　今週の歳時記

長谷川 櫂

日本人は三つの暦時間を生きている。本書では、季節感豊かな日本文化固有の時間を歳時記をもとに再構成。四季の移ろいを慈しみ、古来のしきたりを見直す一冊。

筑摩選書
0003

# 荘子と遊ぶ　禅的思考の源流へ

玄侑宗久

『荘子』はすこぶる面白い。読んでいると「常識」という桎梏から解放される。それは「心の自由」のための哲学だ。魅力的な言語世界を味わいながら、現代的な解釈を試みる。

筑摩選書
0025

# 芭蕉 最後の一句　生命の流れに還る

魚住孝至

清滝や波に散り込む青松葉——この辞世の句に、どのような思いが籠められているのか。不易流行から軽みへ、境涯深まる最晩年に焦点を当て、芭蕉の実像を追う。

筑摩選書
0048

# 宮沢賢治の世界

吉本隆明

著者が青年期から強い影響を受けてきた宮沢賢治について、機会あるごとに生の声で語り続けてきた三十数年に及ぶ講演のすべてを収録した貴重な一冊。全十一章。

筑摩選書
0107

# 日本語の科学が世界を変える

松尾義之

日本の科学・技術が卓抜した成果を上げている背景には「日本語での科学的思考」が寄与している。科学史の側面と数多の科学者の証言を手がかりに、この命題に迫る。

筑摩選書
0112

# 刺さる言葉　「恐山あれこれ日記」抄

南 直哉

死者を想うとはどういうことか。生きることの苦しみは何に由来するのか。〝生きて在ること〟の根源を問い続ける著者が、寄る辺なき現代人に送る思索と洞察の書。